아인슈타인 적도

刘慈欣少年科幻科学小说系列(全五册)

아인슈타인 적도

류츠신 지음
김지은 옮김

|㈜|자음과모음

일러두기

본문 중의 각주는 모두 옮긴이의 주이다.

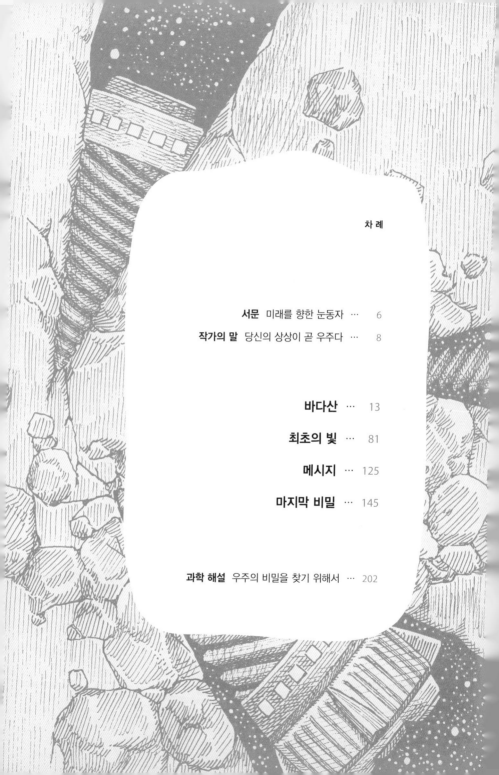

차 례

미래를 향한 눈동자

'류츠신 SF 유니버스' 시리즈에 과학 지식을 해설할 수 있어서 정말 영광이다. 해설을 쓰기 위해 글을 읽을 때마다 참으로 신선하고 기발하다는 생각이 들었다.

류츠신은 중국 SF 분야에서 독보적인 존재다. 물론 그가 집필한 『삼체』가 SF계의 노벨상이라 불리는 휴고상을 받았기 때문만은 아니다. 그의 작품은 확실히 남다른 데가 있다. 여타 SF와 달리 류츠신의 작품은 최신 물리 지식이 잘 반영돼 있고, 그 지식을 뛰어 넘는 풍부한 상상력이 담겨 있다.

이미 많은 사람이 『삼체』에 관해 다양한 관점으로 해석하고 장점을 밝혔지만 사실 이 모든 장점은 류츠신이 집필한 다른 작품에서도 만날 수 있다. 이번 시리즈는 다채로운 이야기를 담고 있다. 만만치 않은 규모를 배경으로 설정하고, 시간과 공간의 상상을 다루기도 하며, 문명의 가능성을 이야기하거나 사랑을 주제로 하기도 한다.

류츠신의 작품을 한마디로 표현하자면 기발한 상상력과 독창적인 사고라고 할 수 있다. 그는 다양한 소재로 이야기를 만들 뿐만 아니라, 과학이 규정한 경계에 얽매이지 않고 공상에만 빠져 있지도 않다.

어떤 이들은 류츠신이 이야기는 잘 풀어 가지만 인물 묘사가 부족하다고 말하기도 한다. 작가 역시 자신의 단점을 모르지는 않을 것이다. 그러나 그는 소설 속에 등장하는 인물은 하나의 매개체일 뿐이며, 이야기 자체와 '어떤 사건이 미래에 일어날 가능성'을 더 중요한 문제로 생각하는 것 같다.

이야기에 나타난 것들 가운데 극히 일부는 진짜 우리의 미래로 나타날지도 모른다. 그러나 예언은 결코 공상 과학이 지향하는 목적이 아니다. 상상력을 자극하는 것이 공상 과학이 추구하는 목적 중 하나라면 나머지는 무엇일까? 그것은 바로 우리가 미래를 위해 최선을 다하고, 최악을 막기 위해 준비하는 것이라고 생각한다.

이론물리학자 리먀오

당신의 상상이 곧 우주다

2013년 12월, 달탐사위성 '창어 3호'의 발사를 보기 위해 시창(西昌) 위성발사센터에 갔다. 나는 당시 시창으로 가는 비행기에서 초등학교 5학년 학생들을 만났다. 그 아이들도 나처럼 발사 현장으로 가는 길이었다. 발사를 마치고 돌아가는 길에는 아까 그 학생들보다 더 어린 초등학교 1학년쯤으로 보이는 아이들을 만났다. 나는 이 아이들의 눈에서 새로운 일에 대한 흥분과 호기심, 그리고 미래에 대한 희망과 기대를 엿보았다.

1970년 4월, 허난성 루산현의 한 마을에서 어른, 아이 할 것 없이 다 함께 맑은 밤하늘을 바라본 적이 있다. 칠흑처럼 까만 하늘에 밝게 빛나는 작은 별 하나가 천천히 날아갔다. 그것은 중국이 최초로 쏘아 올린 인공위성 '둥팡훙 1호'였다. 날아가는 위성을 보고 있자니 알 수 없는 감정이 들었다. 우주를 향해 날아가는 인공위성이 다른 별들과 부딪힐까 걱정됐다. 몇 년이 지나서야 과학 책을 통해 위성과 다른 별들의 거리가 얼마나 멀리 떨어져 있는지 알았고, 웬만해선 우주 충돌 사고가 일어나지 않는다는 사실도 알았다. 어린 마음에 괜한 걱정에 빠져 있던 것이다.

시대가 많이 변했다. 요즘 아이들은 비행기를 타고 위성 발사 센터로 가지만 내 어릴 적 친구들은 신발조차 없었다. 하지만 나와 친구들 눈에도 새로운 세계에 대한 동경, 우주의 오묘한 비밀에 대한 호기심, 미래에 대한 희망과 기대가 가득했다. 이처럼 미래에 대해 기대와 희망을 품는 마음은 역사와 시간을 뛰어넘어 존재한다.

요즘 아이들은 수십 년 전 농촌 생활이 얼마나 폐쇄적이고 가난했는지 상상도 못 할 것이다. 내가 살았던 마을은 1980년대까지도 전기가 들어오지 않았다. 책이라고는 고작 부모님 침대 아래에 있던 상자 속에서 꺼내어 들춰본 게 독서의 전부였다. 그 상자 안에는 쥘 베른이 쓴 『해저 2만 리』와 『십만개의 왜 그럴까요?』 등 SF와 과학 지식에 관한 책들이 있었는데 이 책들이 유년시절의 창이 되어 농촌과 중국, 심지어 태양계를 벗어나는 상상을 하게 해 줬다. 이 책들 덕분에 나는 공상 과학에 흥미를 지니게 됐고 훗날 SF를 쓰는 작가의 길을 걷게 됐다.

공상 과학은 내 삶과 인생을 이끌었다. 그렇기 때문에 위성 발사를 보러 온 아이들에게 이번 경험이 그저 스쳐 가는 순간이 아니라는 것을 믿는다. 감동과 전율을 느낀 로켓 발사 장면과 최첨단 과학 기술을 대표하는 탐사 사업은 아이들 마음속에 과학의 씨앗이 되었으리라 믿어 의심치 않는다.

앞으로 10년이 지나고 20년이 지나면 그 아이들 중에 몇몇은 과학 연구의 길을 걸을 것이고, 우주 탐사를 하거나 다른 별에 인류의 문명을 세울지도 모른다. 이 책을 읽고 있는 아이들도 SF를 통해 과학에 흥미를 느끼고, 나처럼 일상생활에서 벗어난 흥미로운 상상을 할 수도 있다.

솔직하게 말하자면 지금까지 나는 청소년 독자가 아닌 성인 독자를 위한 SF를 써 왔다. 그래서일까. 출판사에서 청소년을 위한 SF를 제안받았을 때 어깨가 꽤 무거웠다. 청소년이 읽는 SF를 쓰려면 아이들이 지닌 독서 경향과 심리를 잘 알아야 하기 때문이다. 그런데 나는 이쪽으로는 창작 경험이 그다지 많지 않았다. 예전에 썼던 작품을 살펴보다 아이들이 읽기에 적합한 작품이 있다는 걸 알고는 몇 편을 골라 수정하며 처음으로 청소년을 위한 SF를 시도해 봤다. 때마침 리먀오 교수가 소설 속 과학 지식을 해설해 주셔서 매우 감사하고 영광이다. 저명한 이론 물리학자인 리먀오 교수가 열정적으로 도와준 덕분에 이번 시리즈가 과학적으로도 전문성을 갖출 수 있었다.

이번 시리즈를 출판하게 된 이유는 청소년들에게 과학을 쉽고 재미있게 알리기 위해서다. 그러나 소설 속에 나오는 과학은 상상을 더해가며 가공한 것이기에 실제 과학 지식과 다를 수 있다. 어린 독자들이 이 시리즈를 통해 우리가 살고 있는 세상과 우주를 이해할 수 있기를 바란다.

류츠신

바다산

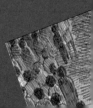

영원히 뭍에 오르지 않는 사람

"자네의 그 독특한 버릇은 알아줘야 돼. 왜 뭍에 오르지 않는 거지? 벌써 5년이나 됐다고. 그사이 남수호는 셀 수 없이 많은 나라를 돌고 항구에 정박했어. 그런데 자네는 단 한 번도 땅을 밟은 적이 없어. 귀국한 후에도 마찬가지였지. 재작년에 칭다오에서 대대적인 수리와 개조를 하느라 배 안이 엄청 시끄러웠는데, 그때도 자네는 뭍으로 나오지 않고 갑판 밑에 있는 짐칸에서 두 달이나 버텼잖아."

"선장님, 영화 〈피아니스트의 전설〉이 떠오르기라도 했나요?"

"남수호가 퇴역하면 자네도 영화 주인공처럼 배를 따라 바닷속으로 잠길 겐가?"

"배를 바꿔 타겠죠. 해양관측선은 저처럼 뭍으로 나오지 않는 지질 기사를 환영해요."

"육지에 두려운 것이 있나 보군?"

"그 반대입니다. 육지에는 그리운 것이 있어요."

"그게 무엇인가?"

"산입니다."

두 사람은 남수호의 왼쪽 뱃전에 서서 적도 바다를 바라보고 있었다. 1년 전, 남수호에서 적도를 처음 지나가는 기념으로 아주 옛날에나 했을 법한 행사를 벌인 적이 있다. 적도 부근의 해저에서 망간단괴* 침적지가 발견된 이후로 이곳을 얼마나 많이 지나다녔는지 적도의 존재를 잊어버릴 정도였다.

석양이 수평선 아래로 저문 태평양은 여느 때와 마찬가지로 고요했다. 펑판은 이렇게 잔잔한 바다를 처음 봤다. 그는 문득 에베레스트산에서 본 지구의 눈 같던 맑고 투명한 호수가 생각났다.

"산을 좋아하는가? 그렇다면 그대는 산에서 자랐겠군."

"아닙니다. 산에서 자란 사람은 산을 좋아하지 않아요. 그들은 산이 자신과 세상을 갈라놓았다고 생각하거든요. 제가 아는 네팔의 한 셰르파**는 마흔네 번이나 에베레스트산을 올랐어요. 그는 매번 산 정상에서 그리 멀지 않은 곳에 멈춰 서서 자신을

* 망가니즈, 철, 니켈, 구리, 코발트 등의 광물을 함유한 검은 덩어리
** 네팔의 산악지대에 거주하는 종족. 에베레스트산을 오르는 사람들을 도와주는 인부로 유명하다.

고용한 등반 대원이 정상에 오르는 모습을 바라본다고 합니다. 마음만 먹으면 북쪽 길이든 남쪽 길이든 열 시간 내에 정상에 오를 수 있지만 흥미가 없대요."

평판은 이어서 말했다.

"평원에서 멀리 바라볼 때와 정상에서 내려다볼 때, 딱 이 두 곳에서 산의 매력을 느낄 수 있죠. 제가 사는 집은 허베이의 대평원에 있어요. 서쪽으로는 타이항산이 보이고 집과 산 사이에는 바다만큼 넓고 확 트인 평지가 있죠.

제가 태어난 지 얼마 안 됐을 때, 어머니가 처음으로 저를 안고 밖으로 나왔대요. 그때 저는 이제 막 목을 가눌 수 있을 정도로 어렸는데 서쪽에 있는 산을 보면서 옹알거렸다고 하더군요. 한참 걸음마를 배울 때는 아장아장 산을 향해 걸어갔어요. 조금 더 크고서는 이른 새벽에 출발해 철로를 따라 산을 오른 적이 있어요. 정오가 되어서 배가 고파질 때까지 걷고 또 걸었는데 고개를 돌려 봐도 산은 저 멀리 있었죠. 학교를 다니면서부터는 자전거를 타고 산을 올랐어요.

산은 제가 한 걸음 다가가면 한 걸음 물러서는 건지 도무지 가까워지지가 않더군요. 시간이 흘러 먼 산은 저에게 하나의 상징이 됐어요. 왜 살다 보면 그런 거 있잖아요. 선명하게 보이지만 영원히 다다를 수 없어서 그냥 꿈으로 굳어 버린 거요."

선장은 고개를 저었다.

"나도 그런 곳이 있었어. 그런데 막상 가 보니 황폐한 산이라 사방에 돌과 들풀만 있더군. 직접 가면 분명 실망할 걸세."

"아니요. 저는 생각이 달라요. 그저 산을 오르고 싶을 뿐이에요. 산에 가서 무엇을 얻고 싶은 마음은 털끝만큼도 없어요. 처음 산 정상에 올라 제가 자란 평원을 내려다봤을 때 다시 태어난 기분이 들었죠."

평판은 여기까지 말하다 선장을 바라봤다. 그는 대화에 집중하지 않는지 고개를 들어 먼 하늘만 보고 있었다. 그가 바라보는 하늘에는 별이 드문드문 떠 있었다.

선장이 담뱃대로 머리 위의 하늘을 가리켰다.

"어, 저긴 별이 뜨는 자리가 아닌데?"

선장이 가리킨 곳에는 시선을 전혀 끌지 못할 만큼 희미한 별이 하나 있었다.

평판은 선장을 바라보며 말했다.

"확실해요? GPS가 육분의*의 자리를 대신한 지 오래됐잖아요. 선장님은 하늘의 별을 잘 안다고 자신하세요?"

"물론이지. 이건 항해와 관련된 기초 지식이니까. 하던 이야

---

* 항해할 때 태양, 달, 별 등의 고도를 측정해 위치를 파악하는 기기

기나 계속해 봐."

평판은 고개를 끄덕이고 말을 이었다.

"대학생 때 산악반을 꾸려서 해발 7,000미터 이상의 높은 산을 등반했어요. 마지막에는 에베레스트산을 올랐고요."

선장은 평판을 훑어본 후 말했다.

"내 추측이 맞았어. 그래 바로 자네야! 어쩐지 낯이 익더라니. 그 사이에 이름을 바꿨는가?"

"네, 제 본명은 펑화베이예요."

"몇 년 전에 자네 이름이 이곳저곳에서 꽤 많이 나왔지. 매스컴에 보도된 내용이 모두 사실인가?"

"대부분 맞아요. 대학교 산악반 대원 중 네 명이 죽고 유일하게 저만 살아서 돌아왔어요."

선장은 꺼진 담뱃대에 성냥불을 붙이고 말했다.

"내가 보기에 산악대장과 원양선장은 닮은 데가 있어. 무언가를 포기하는 게 정말 어려운 직업이지."

"네, 그렇죠. 하지만 그때 포기했다면 다시는 기회가 오지 않았을 거예요. 선장님이 알고 계실지 모르겠지만 등반에도 돈이 꽤 들어가요. 저희는 대학생으로 구성된 산악팀이라 협찬을 받기가 어려웠어요. 게다가 우리가 고용한 셰르파가 파업을 하는 바람에 첫 번째 야영지를 세우는 데 시간을 허비했죠. 기상청에서는 폭풍이 몰려올 거라 예보했지만 구름 사진을 보니 폭풍은 적어도 스무 시간 후에나 올 것 같았어요. 그래서 해발 7,900미터에 두 번째 야영지를 세웠죠. 지체하지 않고 바로 등반하면 시간은 충분했어요. 이런 상황에서 누가 포기하겠어요? 결국 등반하기로 결정했죠."

선장은 다시 고개를 들고 하늘을 바라봤다.

"저 별이 아까와는 달리 반짝이는군."

"그러게요. 날이 어두워졌으니 상대적으로 밝아졌겠죠."

"하늘이 어두워져서가 아닌 것 같은데……. 계속 말해 보게."

"그다음에 일어난 일은 선장님도 잘 아실 거예요. 폭풍이 왔을 때 해발 8,680미터에서 8,710미터 사이의 가장 위험한 곳에 있었어요. 산악계에서 '세컨드스텝'이라고 부르는 경사가 90도에 가까운 절벽에 있었죠. 정상에 꽤 많이 다가갔고 날도 아직 밝았어요. 산봉우리 한쪽에서 한 줄기 구름이 피어나고 있었죠. 아직도 기억에 선명해요. 마치 에베레스트산이 뾰족한 칼이 되어 하늘을 벤 자리에서 흰 구름이 흘러나온 것 같았어요…….

그런데 얼마 안 가 순식간에 모든 것이 보이지 않았어요. 폭풍이 몰아닥치면서 검은 눈보라가 일더니 대원 네 명이 절벽으로 날아갔어요. 저는 그때 죽을힘을 다해 밧줄을 꽉 잡았어요. 하지만 줄에 연결되어 있던 고리가 끊어지면서 대원들이 모두 밑으로 추락하고 말았죠……. 그중 두 명은 아직도 시신을 찾지 못했어요. 저는 그때부터 무거운 멍에를 짊어지고 살고 있어요……. 선장님 말이 맞는군요. 저 별 조금 이상한데요? 계속 밝아지고 있어요."

"신경 쓰지 말게……. 그러면 자네가 배에서만 머무는 건 당시 사건과 관련이 있는 건가?"

"당연히 그렇겠죠? 당시 신문과 뉴스는 저를 비난하고 질책하는 기사로 도배됐어요. 모두들 저보고 책임감이 없다고 했죠. 그렇게 위험한 상황에서 등반을 강행했다면서 말이에요. 당시 저는 정신적으로 완전히 무너져 내렸어요.

어느 날, 등산복에 선글라스를 쓰고 학교 도서관 옥상으로 올라갔어요. 그곳에서 아래로 뛰어내리려는데 지도 교수님이 다가와서 그러더군요. '그렇게 쉽게 자신을 용서할 건가? 그건 무거운 벌을 피하려는 행동일 뿐이야.' 교수님에게 뛰어내리는 것보다 더한 벌이 있냐고 물었더니 산에서 가장 먼 곳으로 가서 살라고, 영원히 산을 보지 않으면 되지 않겠느냐고 했어요. 그래서 저는 뛰어내리지 않았어요.

그 후, 더 많은 멸시와 조롱을 받았지만 지도 교수님의 말이 맞는다면 죽는 것보다 이것이 더 무거운 벌일 테니까요. 저에게 등반은 살아가는 이유였어요. 지질 연구도 등반을 위한 수단일 뿐이었죠. 저처럼 산에 빠져 사는 사람에게 영원히 산을 떠나라는 말만큼 괴로운 건 없어요. 그래서 졸업 후 해양관측선의 해양지질 연구원으로 일하면서 산에서 가장 멀리 떨어진 바다에 있는 겁니다."

선장은 아무 말도 하지 못하고 한참 동안 평판을 쳐다보기만 했다. 잠시 후, 그는 하늘에 뜬 별을 보며 화제를 바꿨다.

"저 별을 다시 보게."

별을 보던 평판은 소스라치게 놀라 소리쳤다.

"어? 뭔가 좀 이상한데요?"

점처럼 보이던 별이 원 모양으로 커지더니 순식간에 시선을 사로잡을 만큼 푸른빛이 나는 구로 변했다.

누군가 다급하게 달려오는 소리가 들렸다. 선장과 평판은 그 소리를 따라 갑판으로 시선을 옮겼다. 머리에 헤드폰을 쓴 일등 항해사가 빠른 발걸음으로 달려와 선장에게 보고했다.

"외계 비행체가 지구로 날아오고 있다는 소식이 들어왔습니다. 우리가 있는 적도 위치에서 가장 잘 보인다고 합니다. 보십시오. 바로 저겁니다!"

바다의 에베레스트산

세 사람은 고개를 들어 하늘에 떠 있는 작고 둥근 물체를 바라봤다. 그 둥근 물체는 풍선에 바람을 불어넣은 것처럼 급격하게 팽창했다.

"방송국마다 정규 방송을 중단하고 모두 저 외계 비행체를 보도하고 있어요! 전부터 관측되다 오늘에서야 무엇인지 밝혀졌다는군요. 외계 비행체는 어떤 신호에도 응답하지 않고 있지만 운행 궤도로 볼 때, 거대한 동력을 이용해 빠른 속도로 지구를 향해 다가오고 있다네요. 방송에서는 달만큼 크다고 합니다!"

세 사람의 눈에는 공중에 떠 있는 물체가 달보다 훨씬 커 보였다. 달이 열 개 정도는 충분히 들어가고도 남을 정도였으며 하늘의 꽤 많은 부분을 차지하고 있었다. 달보다 지구에 훨씬 가까이 있다는 말이었다. 일등항해사가 이어서 말했다.

"방송에서 말하길 외계 비행체는 3만 6000킬로미터 높이의 궤도에 멈춰 지구의 정지위성이 됐다고 합니다!"

"정지위성? 정지궤도에 멈춰서 움직이지 않는다고?"

"그렇습니다. 우리가 있는 이곳, 적도 바로 위에 있습니다!"

펑판은 하늘에 떠 있는 물체를 바라봤다. 투명하고 둥근 물체 안에 푸른빛이 가득 차 있어서일까. 이상하게도 바다를 보는 것 같은 느낌이 들었다. 해저 채취기가 올라올 때마다 바다의 아득히 먼 심원이 펑판의 마음을 사로잡고는 했다. 지금 보이는 저 푸르고 거대한 물체도 내부의 깊이를 측정할 수 없을 만큼 깊어 보였다. 마치 바다가 먼 옛날 잃어버린 곳으로 회귀하고 있는 것만 같았다.

하늘을 보고 놀란 선장은 최면을 일으키는 것 같은 거대한 물체에서 시선을 거두고 꺼진 담뱃대로 바다를 가리켰다.

"저것 봐! 도대체 저건 어찌 된 거지?"

앞에 보이는 수평선이 순식간에 휘어지더니 산처럼 변했다. 보이지 않는 손이 하늘에서 끌어올리기라도 하는 것인지 바닷물이 높이 치솟았다.

"외계 비행체의 질량으로 인해 생긴 인력*이 바닷물을 끌고

---

* 떨어져 있는 두 물체가 서로 끌어당기는 힘. 질량을 가진 모든 물체 사이에 작용한다.

있어요."

평판이 큰 소리로 외쳤다. 평판은 이 상황에서 설득력 있는 생각을 해낸 자신이 신기하게 느껴졌다. 외계 비행체의 질량은 달과 비슷하지만 지구와의 거리는 달의 십분의 일에 불과했다. 다행히 정지궤도에 멈춰 있어서 인력이 끌던 바닷물도 더 이상 움직이지 않았다. 조금만 더 움직였다면 거대한 쓰나미가 세상을 뒤덮었을 것이다.

하늘 높이 올라간 바닷물은 거대한 기둥 모양으로 변하더니 표면에 외계 비행체의 푸른빛을 반사했다. 석양의 곱고 아름다운 선홍빛이 물기둥에 선을 그렸다. 차가운 물기둥의 꼭대기에 피어오른 구름은 저녁 하늘을 가르며 날아가다가 멀리 가지 못하고 이내 사라졌다. 평판은 높이 치솟은 바닷물을 바라보다 문득 무엇인가가 떠올랐다.

"저 물기둥의 높이를 재어 봐라!

선장이 소리쳤다.

"대략 9,100미터입니다!"

1분 후, 일등항해사가 외쳤다.

유사 이래 지구에서 펼쳐진 가장 무섭고도 웅장한, 아름답고도 기이한 장면 앞에서 세 사람은 저주에 걸린 듯 얼어 버렸다.

"이것은 운명이야……."

평판이 잠꼬대처럼 말했다.

"자네 지금 뭐라고 했는가?"

선장은 시선을 물기둥에 두고서 큰 소리로 물었다.

"이건 운명이에요."

그렇다. 이것은 운명이었다. 평판은 산을 피해 산에서 가장 멀리 떨어진 태평양 한가운데로 왔다. 그런데 에베레스트산보다 200여 미터나 더 높은 산이 그의 눈앞에 나타났다. 이제 이 바다산이 지구에서 가장 높은 산이다.

"왼쪽으로 5, 앞쪽으로 4! 살고 싶으면 어서 여기서 도망쳐야 한다!"

선장이 일등항해사에게 지시했다.

"도망간다고요? 그렇게 위험한가요?"

평판은 이해가 안 된다는 투로 물었다.

"외계 비행체의 인력이 거대한 저기압 지대를 만들면서 커다란 회오리바람이 형성되고 있어. 역사상 가장 큰 폭풍이 일어날 거야. 남수호를 나뭇잎처럼 날려 버릴 거라고! 회오리바람이 완전히 형성되기 전에 도망갈 수 있기를 바라야 할 거야."

"모두 잠시만 조용히 해 주십시오!"

일등항해사는 모두를 조용히 시키고 헤드폰에서 전해 오는 소리를 전달했다.

"선장님, 상황이 생각보다 심각합니다! 방송국 보도에 따르면, 외계인들은 지구를 파괴하러 왔다고 합니다. 그들은 외계 비행체의 거대한 질량만으로 지구를 이 정도로 만들 수 있습니다. 그런데 외계 비행체의 인력이 일으킨 건 폭풍이 아니라 대기 누출이라고 합니다."

"지구의 대기가 새고 있다는 말인가? 어느 곳으로 새어 나가고 있는가?"

"외계 비행체의 인력으로 대기층에 구멍이 생겼습니다. 공기가 그 구멍을 따라 빠져나가면 지구의 대기는 모두 사라지게 된다네요. 마치 풍선에 구멍을 낸 것처럼 말입니다."

"대기가 모두 빠져나가는 데 얼마나 걸리는가?"

"전문가들 말에 따르면, 일주일 후면 대기압이 치명적인 수치까지 내려가게 될 거라고 합니다. 기압이 어느 정도 내려가면 바다가 끓어오르듯 솟구칠 거라고 하는군요. 이런, 도대체 무슨 상황인 건지……. 지금 각국의 대도시가 혼란에 빠졌습니다. 사람들이 미친 듯이 병원과 공장에 몰려들어 산소 공급기를 훔쳐 가고 있습니다. 미국 케이프커내버럴 우주기지에도 사람들이 몰려와 로켓연료의 액화 산소를 훔쳐 가고 있다고 합니다. 모든 게 끝장났습니다!"

"일주일? 집으로 돌아갈 시간도 안 되는군."

선장은 불이 붙은 성냥을 침착하게 담뱃대에 갖다 댔다.

"그렇습니다. 집으로 돌아갈 시간조차 안 됩니다……."

"이러고 있느니 각자 가장 하고 싶은 일을 하는 게 낫겠어요."

망연자실한 일등항해사와 달리 펑판은 가슴 속에 뜨거운 피가 솟구치기라도 하는지 흥분했다.

"그대는 무얼 하고 싶은가?"

"등산입니다."

선장의 물음에 펑판이 대답했다.

"등산? 저 산을 오르고 싶다는 겁니까?"

일등항해사가 바다산을 가리키며 놀란 눈으로 물었다.

"네, 지금 저 산이 지구에서 가장 높은 산이잖습니까. 산이 저기에 있으니 올라가 봐야죠."

"어떻게 오르려고요?"

"수영해서요."

"미쳤어요? 9,000미터의 바다산을 수영해서 올라간다고요? 경사를 보니 45도는 족히 될 텐데요. 저건 일반 등산과 달라요. 쉬지 않고 수영을 해야 한단 말이에요. 잠시라도 멈추면 바로 미끄러져 내려갈 거예요!"

"한 번 해 보죠."

"그래, 시도해 보게. 지금 안 하면 언제 해 보겠는가? 이곳은 바다산의 산자락에서 얼마나 떨어져 있는가?”

선장은 평판을 거들며 일등항해사에게 물었다.

“20킬로미터 정도 됩니다.”

선장은 이어서 평판에게 말했다.

“먹을 것과 물을 준비하고 구조선을 가져가게.”

“고맙습니다.”

선장은 평판의 어깨를 툭 치며 말했다.

“그대는 행운아야.”

평판도 선장의 말에 동의했다.

“저도 그렇게 생각합니다. 선장님, 한 가지 더 이야기해 드릴게요. 에베레스트산에서 사고를 당한 대원 중에 제 여자 친구도 있었습니다. 대원들이 추락하는 걸 보면서 머릿속에 스쳐 간 생각은 하나뿐이었어요. ‘나는 죽으면 안 된다. 아직 다른 산이 있지 않은가’라고 말입니다.”

“어서 가 보게.”

고개를 끄덕이는 선장에게 일등항해사가 물었다.

“그럼…… 우리는 어떻게 할까요?”

“지금 형성되고 있는 폭풍에서 전속력으로 탈출하라. 하루라도 더 살고 싶으면 그리해야 해.”

회오리바람이 만든 거대한 우물

펑판은 구조선에 서서 멀어져 가는 남수호를 끝까지 지켜봤다. 그는 원래 남수호에서 일생을 보낼 계획이었다.

거대한 외계 비행체 아래에 있는 바다산은 억만 년 전부터 그곳에 있었던 것처럼 꼿꼿하게 우뚝 서 있었다.

바다는 여전히 물결도 일지 않고 평온했다. 그러나 펑판은 바람이 서서히 세지고 있는 것을 보고서 공기가 이미 바다산의 저기압 지역으로 몰리고 있음을 파악했다. 구조선에는 작은 배가 하나 더 있었다. 펑판은 그 작은 배를 들어올렸다.

바람이 세진 않았지만 바다산을 향해 불고 있어서 작은 배는 어렵지 않게 산자락으로 나아갈 수 있었다. 바다산에 가까워질수록 바람이 거세지면서 돛이 조금씩 팽팽해졌고, 배가 나아가는 속도가 점점 빨라졌다. 뱃머리는 예리한 칼처럼 바닷물을 가로질렀다. 조금만 더 가면 산자락에 도착할 것 같았다.

작은 배가 경사진 곳에 도착했을 때, 펑판은 외계 비행체의 빛을 받아 푸른빛을 띠는 바닷속으로 훌쩍 뛰어 들어갔다. 그는 인류 최초로 헤엄쳐서 산을 오르기 시작했다.

바다산의 정상이 펑판의 시야에서 사라졌다. 물속에서 고개를 들어 바라보니 그의 앞에 끝도 없이 펼쳐진 비탈이 나타났다. 경사가 45도인 비탈은 거인이 바다를 감아올린 것처럼 하늘 높이 솟아 있었다.

펑판은 일등항해사의 말을 떠올리며 최대한 힘을 아끼기 위해 평영으로 헤엄쳤다. 정상은 지금 그가 있는 곳에서 13킬로미터 정도 떨어져 있었다. 해수면이라면 어떻게든 목적지에 도착하겠지만, 비탈에서는 잠시라도 멈추면 뒤로 밀려가기 때문에 정상에 오르는 것은 불가능에 가까웠다. 그러나 펑판은 자신의 결정을 후회하지 않았다. 바다의 에베레스트산을 오르는 것만 해도 등반의 꿈을 만족하고도 남는 일이었기 때문이다.

얼마 후, 펑판은 조금씩 이상한 느낌이 들었다. 경사가 점점 가팔라지는데 반해 수영하는 데 드는 힘은 오히려 점점 줄었다. 고개를 돌려 아래를 보니 산자락에 버리고 온 작은 배가 보였다. 떠나기 전에 돛을 내렸는데 배는 아직도 아래로 밀리지 않고 평온한 모습으로 비탈에 멈춰 서 있었다.

평판은 수영을 잠시 멈추고 주변을 둘러보다가 자신이 아래로 밀리지 않고 가만히 멈춰 있다는 것을 알아차렸다. 그는 순간 머리에 무엇인가를 맞은 듯 멍해졌다. 자신과 일등항해사처럼 멍청한 사람이 또 있을까 싶었다. 바닷물로 이루어진 산이 흘러내리지 않고 형체를 유지하고 있는데 사람과 배가 어찌 아래로 밀려 내려갈까.

허공에 떠 있는 외계 비행체의 인력과 지구의 인력이 상쇄하면서 비탈을 오를수록 중력은 점점 약해졌다. 이 때문에 물체가 아래로 내려가는 일은 없었다. 바다산에는 중력이 존재하지 않았다. 물체가 비탈에서 받는 힘은 해수면에서 받는 힘과 같았다. 평판은 바다산이 온전히 자기 것이 됐다는 것을 직감했다.

위로 향할수록 헤엄치기가 훨씬 수월했다. 머리를 물 밖으로 빼고 숨을 쉬는 동작도 전혀 어렵지 않았다. 몸이 가벼웠기 때문이었다. 중력이 감소했다는 증거가 곳곳에서 드러나기 시작했다. 헤엄칠 때마다 생기는 물보라와 비탈에 이는 잔물결이 떨어지는 속도가 느려졌고, 평판이 앞으로 나아가는 속도도 느려졌다. 중력의 강한 힘이 사라지면서 정상 상태의 중력에서는 느낄 수 없는 가볍고 평온한 느낌이 들었다.

점점 바람이 거세지더니 비탈에 파도가 일었다. 낮은 중력 때문인지 파도는 꽤 높아졌고 모양은 얇은 매미 날개처럼 변했다.

천천히 떨어지면서 소용돌이치는 모습이 마치 보이지 않는 대패에 말려 올라간 영롱한 대팻밥 같았다.

파도가 일었다고 해서 헤엄이 힘들어진 것은 아니었다. 파도의 진행 방향이 정상을 향하고 있어서 오히려 몸을 밀어 올리는 효과가 있었다. 중력이 갈수록 줄어들면서 신기한 상황이 계속 일어났다. 부드럽게 몸을 올려 주던 파도가 이제는 평판을 가볍게 내던졌다. 파도에 실린 평판은 순간 허공에 떠올랐다가 앞쪽에 새로 생긴 파도로 털썩 떨어지더니 다시 내던져졌다. 그는 부드러우면서도 힘찬 바다의 손에 건네지고 건네지면서 빠른 속도로 정상을 향해 나아갔다. 이 상황에서는 접영이 가장 효과적이었다.

바람이 거세진 반면 중력은 줄어들어, 물결의 높이는 10미터가 넘었지만 위아래로 일렁이는 속도는 느려졌다. 낮은 중력으로 물 사이의 마찰이 강하지 않아 파도 소리는 전혀 들리지 않았다. 대신 주변은 오직 바람 소리로 가득했다.

몸이 한결 가벼워진 평판은 파도 꼭대기에서 다른 파도 꼭대기로 몸을 옮기다가, 허공에 떠 있는 시간이 물속에 있는 시간보다 더 길다는 사실을 발견했다. 헤엄을 치는 것인지 날갯짓을 하고 있는 것인지 헷갈리기까지 했다.

평판은 몇 번에 걸쳐 얇은 파도가 덮쳐 오는 과정을 거치면서 또 다른 사실을 깨달았다. 그는 파도가 말리면서 만들어진 터널에 들어가고 있었다. 얇은 파도 막이 펑판을 천천히 휘감으면서 온몸을 푸른빛으로 적셨다. 파도 막 너머로 하늘에 있는 외계 비행체가 보였다. 눈물을 글썽이며 무엇인가를 볼 때처럼 파도 막 뒤로 보이는 거대한 구는 모양이 변하면서 아른거렸다.

펑판은 왼손에 찬 방수 시계를 봤다. 헤엄쳐서 등반한 지 한 시간이 지났다. 지금 이 속도대로 간다면 한 시간 후에는 정상에 오를 수 있었다.

펑판은 문득 남수호가 떠올랐다. 바람이 거세지는 속도로 볼 때 곧 거대한 회오리바람이 형성된다. 남수호는 어떻게 해도 거대 폭풍을 피하지 못한다. 그 순간 펑판은 선장이 치명적인 실수를 저질렀다는 사실을 깨달았다. 배는 바다산을 향해 나아갔어야 했다. 비탈에는 중력이 존재하지 않으니 남수호는 해수면을 항해하는 것처럼 쉽게 정상에 오를 수 있었다. 오히려 바다산의 정상은 폭풍의 눈이라 평온할 수도 있었다. 펑판은 구명조끼에 넣어 둔 무전기를 급히 켰지만 아무런 응답이 없었다.

파도 꼭대기를 쉽게 넘는 방법을 터득한 펑판은 이 파도에서 저 파도로 넘으며 20분 정도를 더 올랐다. 어느새 전체 여정 중 삼분의 이나 왔다. 이제 조금만 더 가면 정상이었다. 외계 비행체에서 나오는 빛으로 밝게 빛나는 정상을 보니 마치 새로운 천체가 자신을 기다리고 있는 것만 같았다.

　잠시 후, 바람 소리가 별안간 무서운 비명으로 바뀌더니 사방에서 들려왔다. 갑자기 거세진 바람에 20~30미터 높이의 얇은 파도가 아래로 떨어지기도 전에 허공에서 찢어졌다. 평판은 이 광경을 놓치지 않고 계속 바라봤다. 비탈은 찢어진 파도로 가득했다. 그 모습이 마치 바람 속에서 미친 듯이 흩날리는 머리카락 같았다. 파도에는 거대한 구의 빛을 받아 내뿜는 눈부시게 하얀빛도 보였다.

　평판은 30미터 높이의 얇은 파도를 타고 허공을 날았다. 그가 떠난 파도는 순식간에 질풍을 맞고 산산조각 났다. 그는 앞에서 이는 거대한 파도를 향해 천천히 몸을 떨어뜨렸다. 파도는 투명한 날개처럼 서서히 펼쳐지며 그를 맞았다. 평판의 손이 위로 올라오는 물결과 닿으려는 순간, 영롱한 파도의 거대한 막이 강한 바람을 맞고 부서지면서 눈처럼 하얀 물보라를 피웠다. 파도는 조각조각 찢어지며 괴상한 웃음소리를 냈다. 몸이 가벼워진 평판은 더 이상 아래로 내려가지 않고 바람에 깃털이 날아가듯 거친 바다에서 점점 멀어져 갔다.

　평판은 중력이 줄어든 허공에서 데굴데굴 굴렀다. 머리가 어질어질했지만 하늘에 떠 있는 빛나는 구가 주변을 돌고 있는 것이 느껴졌다. 겨우 균형을 잡은 그는 바다산 정상에서 빙빙 돌고 있었다. 정상에서 보니 바다산 표면에 일고 있는 큰 파도는 긴 곡선을 닮았다. 회오리바람 같은 파도의 곡선은 나선형 모양으로 정상에 모여들었다. 평판은 허공에서 도는 속도가 점점 빨라지더니 회오리바람의 중심을 향해 휩쓸려 들어갔다.

폭풍의 눈에 들어서니 바람이 갑자기 줄어들었다. 평판을 떠받치고 있던 보이지 않는 공기의 손이 풀리면서 그는 바다산 정상 가운데에 있는 푸른 바닷속으로 풍덩 빠져 버렸다.

평판은 하염없이 물속으로 빠져들다 서서히 위로 떠올랐다. 주변은 아무 것도 보이지 않을 정도로 깜깜했다. 그는 질식할 수도 있다는 것을 느끼고서야 자신이 위험에 직면했음을 알았다. 물속에 빠지기 전 해발 1만 미터 고공에서 들이마신 숨이 마지막이라서 산소가 부족했다. 게다가 저중력이라 물속에서 떠오르는 속도가 느려졌기 때문에 아무리 속도를 내 헤엄을 쳐도 폐 속에 남은 산소로는 물 바깥까지 나갈 수가 없었다. 그 순간 낯설지 않은 느낌이 엄습해 왔다.

에베레스트산의 폭풍에 휘말린 검은 눈보라가 부활한 것처럼 죽음의 공포가 그의 모든 것을 다시 짓눌렀다. 바로 이때, 그는 주변에 있는 은색 구들이 자신과 함께 물 위로 떠오르는 것을 발견했다. 은색 구 가운데 가장 큰 것은 직경이 1미터 정도였다. 이 은색 구는 줄어든 중력 때문에 생긴 큰 물방울이었다.

평판은 있는 힘껏 헤엄쳐서 가장 큰 물방울에 다가가 머리를 들이밀었다. 그랬더니 호흡을 할 수 있었다.

평판은 산소 부족으로 인한 현기증이 서서히 사라진 후에야 비로소 물방울 안에 있는 자신을 발견했다. 공기가 있는 공간으로 아예 들어온 것이다. 물방울의 위쪽으로는 반짝이는 해수면이 보였다. 위로 떠오르면서 줄어든 수압에 물방울 크기가 순식간에 커졌다.

평판은 기구를 타고 하늘 위로 오르는 기분이 들었다. 위에 있는 푸른빛이 점점 밝게 빛나다 눈이 부실 정도로 밝아지더니 '팍' 하는 가벼운 소리와 함께 물방울이 터져 버렸다. 저중력의 영향으로 평판은 수면에서 약 1미터 높이까지 날아올랐다가 다시 천천히 아래로 떨어졌다.

그 순간 평판의 눈에 가장 먼저 들어온 것은 느릿느릿 떨어지는 무수히 많은 아름다운 물방울이었다. 크기가 제각각이어서 어떤 것은 축구공만 했는데, 허공에 떠 있는 거대한 구의 푸른빛을 반사하고 있었다. 자세히 들여다보니 내부는 무수히 많은 층으로 나뉘어져 있었다. 이 물방울들은 평판이 수면에 떨어질 때 튄 물이었다. 저중력 환경에서는 표면장력이 작용해 동그란 모양을 유지할 수 있었다. 평판이 손을 내밀어 물방울을 잡으니 톡 터지면서 물에서는 날 수 없는 낭랑한 쇳소리가 났다.

바다산의 정상은 매우 평온했다. 여러 방향에서 밀려온 파도가 이곳에서 부서졌다. 이곳은 회오리바람의 중심이자, 불안한 세상에서 유일하게 고요한 곳이었다. 이 고요함은 소란하게 윙윙대는 회오리바람 소리를 뒤로하고 있었다.

펑판은 주변을 올려다보다 자신과 바다산이 거대한 우물 안에 있다는 사실을 발견했다. 우물 벽은 회오리바람으로 일어난 안개로 이뤄져 있었는데, 이 빽빽하게 찬 안개가 바다산 주변을 천천히 돌면서 높은 곳으로 뻗어나갔다. 거대한 우물 입구라고 생각한 것은 알고 보니 외계 비행체였다. 이 외계 비행체는 우주 속 등불처럼 푸른빛을 우물 안으로 비춰 주고 있었다. 펑판은 거대한 구 주변에 스스로 빛을 내는 것처럼 밝으면서도 망사 같이 생긴 괴상한 구름을 발견했다.

우주로 새어 나간 대기가 만든 얼음 구름이 외계 비행체 주변을 둘러싸고 있는 것처럼 보였지만 실제로는 3만 여 킬로미터 거리에 떨어져 있을 것이라 추측됐다. 이것이 사실이라면 지구의 대기 누출은 이미 시작됐으며 커다란 회오리바람으로 생긴 거대한 우물은 치명적인 틈새였다.

하지만 현재 상황이 어떻든 간에 펑판은 등반에 성공했다.

외계인과의 대화

    주변 광선이 갑자기 달라지더니 어두워졌다 깜빡였다. 펑판은 고개를 들어 주변을 살피다 외계 비행체가 내뿜는 푸른빛이 점점 사라지는 광경을 목격했다. 그는 그제야 푸른빛의 의미를 깨달았다. 그것은 그저 빈 화면을 밝히는 빛일 뿐이었고 거대한 구의 표면은 화면이었다.

    잠시 후, 거대한 화면에 내려다보면서 촬영한 사진이 나타났다. 바다에 떠 있는 사람이 고개를 들고 카메라를 바라보는 모습이었다. 그 사람은 바로 펑판이었다. 펑판은 이 이미지가 담고 있는 의미가 무엇인지 단번에 알아차렸다. 외계인이 본 자신의 모습을 화면에 나타낸 것이었다. 펑판은 그제야 자신이 세상의 정상에 서 있다는 사실을 실감했다.

    화면에 각양각색의 단어들이 떴다. 세계에 존재하는 모든 문자가 등장했는데 펑판은 그중에서 영어를 의미하는 'EN-GLISH'와 중국어를 의미하는 '漢語', 일본어를 의미하는 '日本語'라고 쓴 세 단어만 읽을 줄 알았다. 그밖에도 지구상에 존재하는 다양한 문자로 표현된 언어들이 있었다.

짙은 색의 네모난 창이 각 단어들 사이를 빠르게 왔다 갔다 이동했다. 펑판은 이 광경이 낯설지 않았다. 네모난 창은 펑판의 시선이 움직이는 대로 따라가고 있었다. 펑판이 시선을 '漢語'에 고정시키니 창이 그곳으로 이동했다. 이어서 눈을 한 번 깜빡였는데 별다른 반응이 나타나지 않았다.

'아, 더블클릭을 해야지.'

펑판이 눈을 두 번 깜빡였더니 창이 번쩍였다. 이어서 화면에 있던 언어 선택 메뉴가 사라지고 중국어 한 줄이 크게 나타났다.

니하오.

"니하오! 내 목소리가 들립니까?"

펑판은 하늘을 향해 크게 소리쳤다.

들립니다. 그렇게 크게 소리 지르지 않아도 됩니다. 지구에 있는 모기 소리까지도 다 들을 수 있거든요. 행성에서 새는 전자파를 통해 이곳의 언어를 배웠습니다. 당신과 편하게 이야기를 나누고 싶군요.

"당신은 어디서 왔나요?"

화면에 그림이 나타났다. 가느다란 선이 빽빽하게 구성된 검은 점들을 연결하며 복잡한 망을 이루고 있었는데, 그 모습이 마치 별자리 같았다. 검은 점들 중 하나가 은빛을 내며 점점 밝게 빛났다. 평판은 이 그림이 무엇인지 알 수 없었지만 왠지 천문학자들은 읽어 낼 수 있을 것이라 생각했다. 거대한 구에 다시 글이 나타났지만 그림은 사라지지 않고 자막의 배경, 즉 바탕 화면이 됐다.

우리가 만든 산에 당신이 올라왔습니다.

"네, 나는 등산을 좋아하거든요."

이건 좋아하냐 아니냐의 문제가 아닙니다. 우리는 산을 올라야 합니다.

"왜죠? 당신들 세계에는 산이 많나요?"

그들이 나누는 이야기는 현재 인류가 절박하게 토론하고 싶은 주제와 거리가 멀었다. 하지만 평판은 계속 대화를 이어가고 싶었다. 주변 사람들은 모두 산악인을 바보로 여기는데 눈앞에 나타난 외계인은 등산을 해야 한다고 주장하고 있었다. 그러니 평판은 외계인과 이야기를 나눌 수밖에 없었다.

산은 어디에나 있어요. 다만 오르는 방법이 다를 뿐이에요.

평판은 외계인의 말이 철학적인 비유인지 현실적인 묘사인지 파악하기 어려웠던 나머지 어리둥절한 표정으로 말했다.

"당신들 세계에는 산이 많나 보군요."

온통 산으로 둘러싸여 있어요. 산이 우리를 막고 있어서 구멍을 파야 등산이 가능해요.

　당황한 펑판은 한참 동안 곰곰이 생각했지만 외계인의 세계
가 어떤지 도무지 알 수 없었다. 외계인은 말을 계속 이어갔다.

거품세계

우리 세계는 구형의 단순한 공간입니다. 지구인들의 단위로 측정하면 반경이 약 3,000킬로미터 정도 되죠. 이 공간은 암석층으로 둘러싸여 있어서 어느 방향으로 가도 빽빽한 암벽에 부딪혀요.

우리가 생각한 첫 번째 우주 모형은 자연스럽게 만들어졌어요. 우주는 두 개의 부분으로 나뉘는데 하나는 우리가 생존하는 반경 3,000킬로미터의 구형으로 이뤄진 빈 공간이고, 또 다른 하나는 이 공간을 둘러싼 암석층이에요. 이 암석층은 모든 방향으로 무한하게 뻗어 있어요.

우리 세계는 이 고체 우주 안에 존재하는 빈 공간이라서 '거품세계'라고 불립니다. 우주 이론으로 따지면 '고밀도 우주론'이라고 하죠. 물론 이 이론은 다음과 같은 가능성을 배제하지 않아요. '무한한 암석층 속에 우리와 가깝거나 먼, 또 다른 빈 공간이 존재한다' 이 가설은 우주를 탐색하는 데 원동력이 됐어요.

"무한히 두꺼운 암석층은 존재할 수 없어요. 인력으로 무너져 내릴 거예요."

당시 우리는 만유인력을 몰랐습니다. 거품세계는 중력이 없는 무중력 상태였으니까요. 우리가 인력의 존재를 의식하게 된 건 수만 년이 지난 다음이었어요.

"그렇다면 거품세계는 고체 우주 속에 있는 행성인가요? 정말 흥미롭군요. 당신들의 우주는 밀도 분포에 있어서 실제와 완전히 반대예요. 마치 실제 우주의 거울 같아요."

실제 우주라 했습니까? 참으로 깊이가 없는 말이군요. 현재까지 밝혀진 우주라고 해야 맞아요. 당신들은 진짜 우주가 어떤 모양인지 모르잖아요. 우리도 마찬가지고요.

"당신들의 세계에도 햇살과 공기와 물이 있습니까?"

모두 없어요. 있을 필요가 없죠. 우리 세계에는 고체만 있을 뿐 기체와 액체는 없습니다.

"기체와 액체가 없는데 어떻게 생명체가 존재할 수 있나요?"

우리는 기계 생명체예요. 근육과 골격이 모두 금속으로 이뤄져 있고, 초밀도 칩이 우리의 대뇌이며, 전류와 전기장이 우리의 피예요. 핵 속의 방사성 암석을 먹으면서 에너지를 얻고 있어요. 아무도 우리를 창조하지 않았어요. 이 모든 것이 스스로 진화해서 생겨난 거예요. 가장 단순한 단세포 기계에서, 방사성의 작용으로 진화하며 생겨났죠. 우리 조상들은 자기장을 가장 먼저 발견하고 이용했어요. 지구인이 말하는 불은 발견된 적이 없어요.

"그곳은 어둡겠군요?"

밝은 빛이 조금 있습니다. 방사성원소가 핵의 내벽에서 만들어 내는 빛이죠. 그 내벽이 우리의 하늘이에요. 빛은 약하지만 한곳에 고정되어 있지 않고 이동해요. 우리의 눈은 이런 빛에 맞춰 진화했어요.

핵 내부는 무중력입니다. 그래서 도시는 어두컴컴한 공간 속에 떠 있어요. 우리 도시의 크기는 지구인들의 도시와 비슷합니다. 멀리서 보면 빛을 내는 구름처럼 보여요. 기계 생명체가 진화해 온 시간은 탄소를 기반으로 한 지구인보다 훨씬 길지만, 우리와 지구인 모두 향하는 방향은 같아요. 둘 다 우주에 관해 사고하는 수준까지 갔죠.

"당신들의 우주는 정말 답답하겠어요."

답답하다…… 그렇죠. 그래서 우리는 광활한 공간으로 이동하고 싶은 열망이 당신들보다 강렬한 겁니다. 거품세계의 상고시대부터 암석 심층 탐험이 시작됐어요. 탐험가들은 암석층에 터널을 판 후 앞으로 나아갔죠. 고체 우주 속 다른 빈 거품을 찾으려는 시도였던 거예요.

거품세계에는 상상 속의 빈 거품과 관련된 아름다운 신화들이 많아요. 멀리 떨어진 또 다른 빈 거품에 대한 환상이 거품세계의 문학에 주를 이룰 정도로요. 그러나 이러한 탐험은 초기에는 금지됐어요. 이를 위반한 사람은 사형에 처해질 정도였다니까요.

"종교 때문에 금지한 건가요?"

아니에요. 우리에게 종교는 없어요. 태양과 별을 볼 수 없는 문명에서는 종교가 발생하지 않아요. 원로원이 터널 탐험을 금지한 건 지극히 현실적인 이유에서였어요. 우리는 지구인들만큼 무한에 가까운 공간이 없어요. 우리가 생존하는 공간의 반경은 3,000킬로미터에 불과해요.

탐험으로 터널을 파면서 발생하는 깨진 암석들은 핵에 쌓이게 돼요. 무한히 두꺼운 암석층이 있다고 믿고 있었기에 터널을 길게 파면 거기서 나오는 깨진 암석들이 공간을 가득 채워 버릴 거라고 생각했죠. 그러다 보면 구형 공간이 긴 터널 공간으로 바뀔 거예요.

"해결 방법이 하나 있어요. 터널을 파면서 나오는 암석을 뒤에 파낸 터널에 쌓아 탐험자들이 다닐 수 있는 공간만 남기면 되잖아요."

훗날 탐험가들이 그 방법을 썼어요. 그들에게 필요한 공간은 이동 수단이 다닐 정도면 충분했죠. 우리는 그 이동 수단을 '거품배'라고 불러요. 아까 말한 방법을 써 봤지만 거품배가 차지하는 공간만큼 암석들이 핵에 쌓여 갔어요. 거품배가 귀환해야 이 암석들을 다시 원래 자리로 되돌릴 수 있어요. 그런데 만약 거품배가 터널을 파기만 하고 돌아오지 않으면 암석이 차지해 버린 공간은 원상태로 돌아갈 수 없게 돼요.

이건 공간을 거품배에 도둑맞은 거나 다름없어요. 그래서 귀환하지 않는 거품배를 '공간 도둑'이라고 불렀어요. 작고 좁은 세계에서는 자투리 공간도 얼마나 소중한데요. 오랜 시간 동안 거품배가 한 척 두 척 떠나가면서 암석에 뺏긴 공간은 점점 커졌죠. 이러한 이유로 상고시대에는 거품배 탐험이 금지됐답니다.

사실 거품배 탐험은 매우 험난한 길이에요. 보통 거품배에는 한 명의 항해사와 굴착 기사 몇 명이 탑승해요. 지구라면 굴착 기사를 사공이라고 할 수 있겠네요. 굴착기가 없던 시절에는 굴착 기사가 간단한 도구로 쉬지 않고 암석을 파야 했거든요. 그래야 거품배가 아주 느리게라도 암석층에서 나아갈 수 있었죠. 몸 하나 겨우 맡길 수 있는 작디작은 공간에서 아득한 희망을 찾아가는 여정은 엄청난 정신력이 요구됐어요. 귀환할 때는 한 번 파냈던 길을 따라 돌아오는 작업이라 그나마 수월한 편이었죠.

그러나 마치 도박에 빠진 것처럼 발견의 욕망에 불타오른 탐험자들은 안전한 반환점에서 돌지 않고 계속 앞으로 나아갔어요. 그러다 귀환하는 데 필요한 체력과 보급품이 부족해지면 돌아오는 길에 좌초되고 말았죠. 그래서 탐험가의 묘지가 된 곳이 꽤 많아요. 비록 외계로 향하는 규모는 작았지만 그럼에도 단 한 번도 탐험을 멈춘 적이 없어요.

거품배의 귀환

거품기원으로 3만 3281년 어느 날(지구의 연대 계산법에 따랐어요. 거품
세계의 연대는 매우 특이해서 지구인은 이해하지 못합니다), 거품세계의 암석
층 하늘에 아주 작은 구멍이 생겼어요. 이 구멍에서 날아온 깨진 암석
들은 공중을 떠다녔고, 방사성 물질로 생긴 희미한 빛 속에서 별처럼
반짝였어요. 중심 도시의 사병들이 즉시 이 작은 구멍으로 날아가 조
사해 보니(거품세계는 무중력임을 잊지 마세요) 8년 전에 탐험을 떠났던 거
품배가 귀환을 하고 있었어요.

거품배가 다시 귀환할 줄은 아무도 몰랐어요. 이 배는 '바늘끝호'
로 암석층 안에서 200킬로미터를 나아갔다가 돌아와서 항해 거리 신기
록을 세웠어요. 바늘끝호는 출발할 당시 스무 명이 탑승하고 있었지만
돌아올 때는 함께 탐험을 떠났던 과학자 단 한 명만 생존했어요. 그를
코페르니쿠스라고 부르기로 해요.

거품배 탐험에 관한 엄격한 법률에 따라 코페르니쿠스는 거품세계에서 처음으로 사형에 처해졌어요. 사형 집행이 있던 날, 수십만 명이 광장에 모여 코페르니쿠스가 사형당할 때 일어나는 미묘한 전기 불꽃을 감상하려고 기다리고 있었어요. 그런데 바로 그때, 세계 과학원의 과학자들이 광장으로 몰려와 그들이 발견한 중대한 사실을 알렸어요. 그들은 바늘끝호가 가져온 암석 표본을 바탕으로 항해 거리가 길어질수록 암석의 밀도는 줄어든다는 사실을 발견했던 거예요.

"당신들의 세계에는 중력이 없는데 어떻게 밀도를 측정할 수 있었나요?"

관성을 이용했어요. 지구인이 사용하는 방법보다 조금 복잡하긴 해요. 처음에 과학자들은 바늘끝호가 우연히 균일하지 않은 울퉁불퉁한 지층 지역에 들어갔기 때문이라고 생각했어요. 그러나 이후 한 세기 동안 여러 방향에서 거품배들이 귀환했어요. 그들은 바늘끝호의 항해 거리를 넘어 심층으로 나아갔다가 암석 표본을 가지고 돌아왔어요. 어느 방향에서든 지층 밀도는 바깥으로 향하는 방향을 따라 조금씩 줄어들었고 감소한 폭은 대체로 일치했어요.

이를 알게 된 사람들은 모두 경악했죠.

3만여 년 동안 거품세계를 지배한 고밀도 우주론이 흔들리기 시작했어요. 만약 우주의 밀도가 거품세계를 중심으로 감소하는 추세를 보인다면 언젠가는 밀도가 0인 지점도 나타나겠죠? 과학자들은 감소율을 통해 그 거리는 3만 킬로미터 정도라고 쉽게 계산해 냈어요.

"허블의 법칙과 비슷하군요!"

아주 흡사해요. 지구인들은 적색편이 속도가 광속보다 클 수 있다는 걸 상상하지 못했어요. 그래서 그 거리를 우주의 가장자리라고 정했죠. 그러나 우리 선조들은 밀도가 0인 상태가 공간이라는 걸 어렵지 않게 알았기 때문에 새로운 우주 모델을 탄생시킬 수 있었어요. 이 모델에 따르면 거품세계를 따라 외부로 향할 경우, 우주의 밀도는 점점 감소하다 무한히 뻗어 가는 공간이 된다고 해요. 이 이론을 '공간 우주론'이라고 부릅니다.

하지만 고밀도 우주론은 매우 완고했어요. 주류 옹호자들은 수정한 고밀도 우주론을 발표했죠. 밀도 감소는 거품세계 주변을 느슨한 한 겹의 층이 둘러싸고 있기 때문이라며 이 층을 통과하면 밀도 감소는 멈춘다고 주장했어요. 그들은 이 느슨한 층의 두께를 300킬로미터라고 봤어요. 사실 이 이론이 참인지 거짓인지 증명하는 건 어렵지 않습니다. 거품배가 300킬로미터의 암석층을 통과해 보면 되니까요. 실제로 거품배가 그 거리에 도달했는데 암석층의 밀도 감소는 계속 이어졌어요.

그러자 고밀도 우주론을 옹호하는 사람들은 계산에 오류가 있었다며 느슨한 층의 두께는 500킬로미터가 맞는다고 했어요. 10년 후, 이 거리도 틀린 게 증명됐어요. 밀도는 계속해서 감소했거든요. 어디 그뿐인가요? 거리당 감소율은 계속해서 커졌죠. 상황이 이렇게 되자 고밀도 우주론 옹호자들은 느슨한 층의 두께를 1,500킬로미터까지 늘렸어요.
그리고 훗날 위대한 발견으로 고밀도 우주론은 영원히 묘지에 잠들고
말았죠.

밀도가 0인 천국

암석층의 300킬로미터까지 들어간 거품배 '둥근칼호'는 역사상 가장 큰 탐사선이었어요. 이 탐사선은 고출력 굴삭기와 완벽한 생존 보장 시스템을 갖추고 있어서 암석층 항해 거리 신기록을 세웠어요.

300킬로미터 깊이(혹은 높이)에 도달했을 때 둥근칼호에 타고 있던 수석 과학자(뉴턴으로 부릅시다)는 선장에게 신기한 사실을 알렸어요. 항해사들은 분명 거품배 중앙에 떠 있는 상태로 잠을 자는데, 깨 보면 거품세계 방향으로 향해 있는 벽에 누워 있더라는 겁니다.

선장은 별일 아니라며 그저 몽유병일 뿐이라고 했어요. 집이 그리워 꿈속에서라도 집을 향한 방향으로 이동하는 것이라고 봤던 거예요.

거품배는 거품세계와 마찬가지로 공기가 없어요. 따라서 몸이 이동하는 데는 두 가지 방법이 있어요.

첫 번째는 배의 벽을 차는 겁니다. 그러나 허공에 떠 있는 상태로 잠을 자기 때문에 이건 불가능해요. 또 다른 방법은 자기 몸에 있는 배설물을 내뿜어 이동하는 거예요. 그러나 이런 방법으로 움직이는 경우는 없었어요.

선장은 뉴턴의 말을 진지하게 받아들이지 않았다가 그만 생매장당할 뻔했어요. 어느 날, 착굴을 일단락 지은 후 항해사들은 너무 피곤한 나머지 파낸 암석을 곧바로 배의 밑바닥에 옮기지 않고 휴식을 취했어요. 잠을 좀 잔 후에 옮기려고 했던 거예요. 선장도 항해사들과 마찬가지로 배의 정중앙에 떠 있는 자세로 잠을 잤어요. 그러다가 자신과 항해사들이 암석에 파묻힐 뻔했다는 사실을 알게 됐죠.

그들은 자는 동안 뱃머리에 있던 파낸 암석들과 함께 거품세계 방향을 향해 배의 밑바닥으로 이동했던 겁니다! 뉴턴은 배의 모든 물체가 거품세계 방향으로 이동하고 있다는 사실을 얼른 알아냈어요. 물체들이 매우 느리게 이동하고 있어서 전혀 감지하지 못했던 것뿐이에요.

"거품세계의 뉴턴은 사과 없이 만유인력을 발견했군요!"

그리 쉬웠으면 얼마나 좋았을까요? 과학 역사상 우리는 지구인들보다 훨씬 어렵게 만유인력을 발견했어요. 이건 순전히 우리가 처한 환경 때문이에요. 뉴턴은 배에 있는 물체가 이동하고 있다는 사실을 발견하고 인력은 거품세계의 반경 3,000킬로미터 공간에서 온 것이라 생각했어요. 이 때문에 초기 인력 이론은 어이없는 오류를 범하고 말았어요. 인력을 일으키는 건 질량이 아니라 공간이라고 생각한 거예요.

"충분히 상상이 됩니다. 그렇게 복잡한 물리 환경이었다면 거품세계의 뉴턴이 지구의 뉴턴보다 더 복잡한 데까지 생각해야 했을 거예요."

그래요, 반세기 후에야 과학자들은 자신들의 눈을 가렸던 안개를 걷어 내고 인력의 본질을 제대로 보기 시작했어요. 자신들과 닮은 기계를 통해 만유인력상수를 찾아냈죠. 인력 이론은 지극히 어려운 과정을 거친 후에야 비로소 인정받았어요. 인력의 등장으로 고밀도 우주론의 역사는 막을 내렸어요. 고체 우주가 설 자리를 잃어버린 겁니다.

공간 우주론이 최종적으로 받아들여진 후 거품세계는 이 이론이 밝힌 우주에 큰 관심을 보였어요. 거품세계에서 보존되는 물리량에는 에너지와 질량 외에 다른 하나, 바로 공간이 있었어요. 거품세계의 공간은 반경 3,000킬로미터에 불과해요. 암석층에서 동굴을 파도 공간을 늘릴 수 없었죠. 그저 공간의 위치와 형태만 바꿀 수 있을 뿐이에요. 또한 무중력 때문에 우리 문명은 공간에 떠 있어요. 동굴 벽(지구의 땅에 해당해요)에 붙어 있는 게 아니었던 거죠.

거품세계에서 공간은 그 무엇보다 소중했어요. 그래서 거품세계의 문명사는 피비린내 나는 공간 쟁탈로 점철된 역사였어요. 그런데 세상에나 공간은 무한할 지도 모른다니요. 이 놀라운 말을 듣고 어찌 흥분하지 않을 수 있나요! 이때부터 전에 없는 탐험 열풍이 불었어요. 수많은 거품배가 암석층을 건너 외부로 나아가기 시작했죠. 공간 우주론이

예언한 3만 2000킬로미터의 암석층을 지나 밀도가 0인 천국으로 가기 위한 시도였어요.

핵에 사는 생명체

    만약 당신이 똑똑하다면 이쯤에서 거품세계의 진짜 모습을 짐작했을 거예요.

    "당신들의 세계는 행성의 중심에 위치해 있습니까?"

    맞아요. 우리 행성은 지구와 비슷한 크기입니다. 반경이 약 8,000킬로미터죠. 하지만 우리 행성의 핵은 비어 있어요. 우리는 반경이 약 3,000킬로미터인 빈 핵 속에 사는 생명체예요. 우리는 만유인력을 발견하고도 몇 세기를 거친 후에야 비로소 우리 세계의 실제 모습을 알 수 있었어요.

암석층 전쟁

공간 우주론이 정립된 후, 무한한 공간을 찾으려다 첫 번째 대가를 톡톡히 치르게 됩니다. 바로 거품세계의 유한한 공간을 다 써 버린 거예요. 수많은 거품배가 엄청난 양의 부서진 암석을 빈 공간에 채워 넣었어요. 이 암석들은 도시 주변에 끝도 없이 빽빽하게 떠 있었어요. 이 때문에 자유롭게 표류하던 도시는 움직일 수 없게 되고 말았죠. 도시가 움직이면 암석들이 폭우처럼 내릴 테니까요. 암석으로 막힌 공간은 적어도 반 이상이 회복 불가능한 상태가 됐어요.

이후 거품세계 정부가 원로원을 대신해 공간의 관리자이자 수호자로서 탐험을 엄격하게 진압했어요. 그러나 초기 진압은 그다지 효과를 보지 못했어요. 탐험이 발생했다는 정보를 받았을 때는 이미 거품배들이 암석층 깊이 들어간 상태였기 때문이에요. 이를 계기로 정부는 거품배를 제지할 수 있는 최고의 수단은 거품배뿐이라며, 거대한 함대를 건조해 암석층으로 들어간 탐사선을 저지하고 빼앗긴 공간을 되찾으려 했어요. 그러나 탐사선들이 순순히 말을 들을 리 없죠. 정부의 제재에 반발하고 나서면서 암석층에서 길고 긴 전쟁이 일어났어요.

"이런, 전쟁이 일어나다니 안타깝네요."

참혹한 전쟁이었죠. 암석층 전쟁은 아주 느린 속도로 진행됐어요. 그 시대의 굴착 기술로는 시간당 3킬로미터 정도가 최고 항해 속도였기 때문이에요. 암석층 전쟁은 거대한 함선 위주라 거품배가 커질수록 항속력*이 강해지고 공격력도 세졌어요. 하지만 군함의 크기에 상관없이 가로 단면적은 최대한 작아져야 착굴 단면이 최소화되어 속도를 높일 수 있었죠. 이러한 이유로 모든 거품배의 가로 단면적은 같았기 때문에 우리가 말하는 크기는 길이가 얼마나 기냐에 달려 있어요. 그래서 대형 군함의 모양은 긴 터널 같았어요.

암석층 전쟁터는 3차원이에요. 작전 방식은 지구인의 공중전과 유사하지만 그보다 훨씬 복잡해요. 군함이 적함을 발견하고 공격하려면 군함 앞머리의 단면을 재빨리 확대해서 공격 면적을 넓혀야 해요. 이때 군함은 못과 같은 모양으로 변합니다. 필요에 따라 군함의 앞머리를 쫙 편 날카로운 발톱처럼 여러 개로 나뉘어 여러 방향으로 적함을 공격했어요.

* 배나 비행기가 한 번 실은 연료만으로 계속 나아갈 수 있는 힘

암석층 전쟁의 작전이 왜 복잡하냐면 말이죠. 군함 한 대가 작은 군함으로 해체되기도 하고, 여러 군함이 빠른 속도로 대형 군함 한 대로 합체될 수도 있기 때문이에요. 군함이 적함과 마주쳤을 때 분해하느냐 합체하느냐를 결정하는 건 매우 어려운 문제였죠.

암석층 전쟁이 탐험에 악영향만 주었던 건 아니에요. 전쟁이 발발한 후 거품세계에는 기술 혁명이 일어났어요. 고효율 굴착기 외에도 지진파 계측기가 발명됐어요. 이를 통해 지층 속에서도 통신이 가능해졌고 레이더 탐측에도 쓰였죠. 가장 정밀한 지진파 통신 설비를 이용하면 영상까지 전송할 수 있었어요. 또 강력한 지진파가 무기가 되기도 했어요.

암석층에 나타났던 최대 군함은 '라인월드호'로 거품세계 정부가 건조한 거예요. 정규 운항 상태에서 라인월드호의 길이는 150킬로미터에 달했어요. 이름 그대로 길고 긴 선 같은 세계였던 거예요. 이 안에 있으면 지구의 해저터널에 있는 것 같은 느낌이 들 거예요. 군함 안에는 몇 분 간격으로 작은 열차가 지나다녔는데 굴착하면서 나오는 암석을 군함 끝으로 운송해 주는 전용 열차였어요. 라인월드호는 여러 대의 군함으로 나뉘어 거대한 함대를 편성할 수 있었지만 대부분은 합체된 상태로 항해했어요.

라인월드호가 항상 직선형만 보여준 건 아니에요. 기동 항해를 할 때는 긴 함체가 연결되거나 교차되면서 매우 복잡한 곡선을 형성하기도 했어요. 라인월드호는 최첨단 굴착기를 장착하고 있어서 순찰 속도가 시간당 6킬로미터로 일반 거품배의 두 배였고, 작전 속도는 시간당 10킬로미터 이상이었어요!

어디 그뿐인 줄 아세요? 초고효율 지진파 레이더가 있어서 500킬로미터 밖에 있는 거품배의 위치를 정확하게 측정할 수 있었어요. 거기에 지진파 무기는 1,000미터 떨어진 거리에서 목표물인 거품배를 가루로 만들 수 있었죠. 이 슈퍼 군함은 광활한 암석층에서 종횡무진 다니면서 수많은 탐사선을 박살냈고, 탐사선 때문에 막혀 버린 공간을 다시 거품세계로 되돌려 줬어요.

라인월드호의 파괴적인 타격을 받은 후, 거품세계에서는 외부로 향하는 탐험이 한 차례 중단됐어요. 암석층 전쟁에서 탐험가들은 시종일관 열세에 처해 있었기 때문에 10킬로미터 이상의 군함을 건조하거나 조립할 수 없었어요. 설상가상으로 암석층 속에서 이들은 라인월드호나 거품세계 기지에 있는 레이더로 위치가 발각되면 순식간에 괴멸되고 말았어요.

상황이 이렇다 보니 탐험을 이어가려면 라인월드호를 박살내야 했어요. 탐험가들로 구성된 탐험연맹은 오랜 시간에 걸쳐 세운 작전에 따라, 암석층 군함 100여 척을 집결시켜 라인월드호를 포위하고 섬멸했어요. 그때 참전한 군함 중에 가장 큰 군함의 길이는 5킬로미터였죠. 전투는 거품세계 밖 1,500킬로미터 지점까지 확장됐기 때문에 역사에서는 이를 '1,500킬로미터 전투'라고 불러요.

탐험연맹은 우선 군함 스무 척을 집결시킨 후, 1,500킬로미터 위치에서 30킬로미터에 달하는 거대한 군함으로 합체해 라인월드호를 유인하기로 했어요. 라인월드호가 미끼가 있는 곳으로 가까이 다가가 직선으로 목표물을 향해 돌진하는 순간, 탐험연맹은 주위에 매복시킨 군함 수백 척을 라인월드호와 수직 방향으로 출격시켰어요. 150킬로미터의 거대한 라인월드호가 순식간에 50등분 됐죠.

라인월드호는 절단됐지만 나누어진 50척의 군함은 여전히 강력한 전투력을 보유하고 있었어요. 군함 200여 척이 뒤엉켜 싸우면서 암석층에서 처참한 대혼전이 벌어졌어요. 합체와 분해가 반복되다 보니 나중에는 어느 것이 합체고 어느 것이 분해인지 분간하기 어려웠어요. 전투가 정점에 치달아 가면서 반경 200킬로미터에 달하는 전쟁터는 이미 벌집이 됐어요.

군함들이 암석층 3,500킬로미터 깊이의 미궁 속에 빠지면서 사방에서 백병전이 벌어졌어요. 그런데 그곳은 중력이 뚜렷하게 나타나는 지역이었어요. 정부군과 달리 탐험가는 중력에 익숙하잖아요. 이 미약한 우세는 미궁 속 거대한 시가전에서 결정적인 역할을 하기 시작했고 결국, 최후의 승리는 탐험연맹에게 돌아갔어요.

거품세계의 경계

전쟁이 끝난 후, 탐험연맹은 전쟁터의 모든 공간을 합쳐 반경 50킬로미터의 구형 공간을 만들었어요. 이 공간에서 탐험연맹은 거품세계에서 벗어나 독립하겠다는 선언을 했지요. 독립 후, 탐험이 큰 지지를 얻으면서 거품세계에서 탐험연맹으로 온 탐사선들이 줄을 이었고, 그들이 가져온 공간 덕분에 탐험연맹의 영토가 늘어났어요. 이후 탐험가들은 1,500킬로미터 높이에 전진기지를 하나 보유할 수 있게 됐어요. 힘든 전쟁으로 지칠 대로 지친 거품세계 정부는 더 이상 탐험가들을 막지 못하고 탐험의 합법성을 승인해야만 했어요.

고도가 늘어나면서 지층의 밀도가 점차 줄어들어 굴착 작업이 수월해졌어요. 또한 중력이 커지면서 암석 처리가 편해졌죠. 이렇게 탐험은 훨씬 순조롭게 추진됐어요. 전후 8년째 되는 해에 '나선호'라는 탐사선이 남아 있던 3,500킬로미터의 항로를 모두 거치고 경계에 도착했어요. 그 경계는 행성 중심에서 8,000킬로미터, 거품세계에서 5,000킬로미터 거리에 있었어요.

"와, 행성 표면에 도달했군요! 대평원과 산맥을 보다니 정말 가슴 벅찬 감동입니다!"

감동할 일이 못 돼요. 나선호가 도착한 곳은 해저였거든요.

"……."

당시, 지진파 통신 설비의 영상이 몇 번 흔들리다 사라지더니 통신이 완전히 끊겼어요. 더 낮은 고도에 있던 다른 거품배들은 지구의 소리로 말하자면 '푸' 하는 소리를 감청했어요. 고압 바닷물이 순식간에 나선호로 몰려 들어가면서 나는 소리였죠. 거품세계의 기계 생명체와 배에 장착된 측정 기기 및 설비는 절대 물과 접촉하면 안 돼요. 합선으로 생긴 강력한 전류가 인체와 기기 내부로 침투한 바닷물을 빠르게 기화시켰고, 승무원과 설비에 바닷물이 밀려들며 나선호는 결국 폭발했어요.

이어서 탐험연맹은 다른 방향으로 탐사선 십여 척을 출동시켰지만 동일한 고도에서 같은 상황이 일어났어요. 알 수 없는 '푸' 소리 외에 다른 정보는 더 이상 오지 않았어요. 두 번이나 모니터링 화면에 이상한 결정체 모양의 파동이 나타났지만 그것이 무엇인지 아무도 몰랐어요. 뒤따라온 거품배가 위로 쏜 레이더 파동도 전혀 알 수 없는 반사파를 보내왔고요. 그런데 반사파의 성질을 보니 빈 공간도, 암석층도 아니었어요.

이후 공간 우주론에 대한 회의적인 목소리가 높아졌어요. 학술계에서는 새로운 우주론에 관한 논란이 일어나기 시작했어요. 새로운 이론은 우주 반경을 8,000킬로미터로 정하고, 사라진 탐사선들은 우주의 경계와 접촉하면서 무(無)에 빠졌다고 주장했어요.

탐험은 가혹한 시련에 부딪히고 말았어요. 예전에는 귀환하지 못한 탐사선이 차지했던 공간을 회수할 수 있다는 희망이 이론적으로나마 있었어요. 그런데 이젠 거품배가 우주 경계와 접촉하면 그 공간은 영원히 손실되고 말았죠.

상황이 이러하니 확고하던 탐험가들도 동요하기 시작했어요. 암석층에 있는 세계에서 공간은 재생될 수 없기 때문이에요. 이에 탐험연맹은 마지막으로 남은 탐사선 다섯 척에게 5,000킬로미터 고도에 가까워졌을 때 아주 느린 속도로 상승하라고 했습니다. 그렇게 했는데도 만약 똑같이 예측하기 어려운 일이 일어나면 탐험을 잠시 멈추기로 했어요.

탐사선 다섯 척 중 두 척을 잃고 난 후, 세 번째 거품배인 '암뇌호'가 획기적인 진전을 이뤘어요. 5,000킬로미터 고도에서 암뇌호는 저속으로 조심스럽게 위를 향해 나아갔죠. 해저에 다다랐지만 바닷물은 이전처럼 배 상부의 암석층을 내리누르면서 순간적으로 유입되지 않고, 대신 암석층의 좁게 갈라진 틈을 통해 고압 유체로 분사됐어요. 암뇌호는 항해 단면이 250미터로 높은 암석층의 탐사선 중 부피가 큰 편에 속했어요. 분사되며 유입된 바닷물은 약 한 시간 정도 지나서야 배에 가득 찼어요. 물과 접촉해서 파열되기 전, 배의 지진파 계측기는 바닷물의 형태를 기록했고 데이터와 영상을 그대로 탐험연맹에 보냈어요. 이를 통해 우리는 액체라는 것을 처음 알게 됐죠.

거품세계의 상고시대에는 액체가 존재했을지도 몰라요. 뜨겁게 이글거리는 마그마로 말이에요. 그러다 훗날 행성의 지질이 안정되고 마그마가 응고되면서 핵 근처에는 고체만 존재하게 됐어요. 과학자들이 이론에 근거해 액체의 존재를 예언한 적은 있지만 우주에 그런 신화와 같은 물질이 있을 거라고는 그 누구도 믿지 않았어요. 그러다 암뇌호에서 받은 영상을 통해 사람들은 두 눈으로 액체를 확인한 거예요.

그들은 뿜어 나오는 흰색의 유체, 배의 내부에서 서서히 상승하는 수면, 그리고 모든 물리법칙에 위배되는 마법 같은 이 물질이 물체의 모든 모양에 적응하면서 미세한 틈으로 흘러 나가는 광경을 보고 크게 놀랐어요. 그뿐만이 아니었어요. 액체와 닿은 암석 표면은 성질이 달라지고 색이 짙어지면서 빛을 반사하는 정도가 커졌어요. 무엇보다 가장 흥미로웠던 부분이 뭔지 아세요? 대부분의 물체는 이 물질에 그대로 잠기는데 파열된 인체와 기기의 조각들은 뜨더라는 겁니다! 둥둥 뜬 조각들의 성질과 잠겨 버린 물질은 아무런 차이가 없는데 말이에요. 사람들은 액체 물질을 형태가 없는 암석이라는 의미로 '무형암'이라 불렀어요.

이후 탐험은 순조롭게 이뤄졌어요. 탐험연맹의 기술자들은 파이프라고 불리는 것을 설계했어요. 길이가 200미터인 이 파이프는 속이 비어 있어요. 암석을 뚫는 드릴의 머리 부분을 덮개처럼 열 수 있도록 만들어 암석층을 뚫은 후 바닷물을 파이프 안으로 끌어들였어요. 아, 그리고 파이프 밑에는 밸브가 하나 설치되어 있었죠. 파이프와 드릴을 장착한 배가 5,000킬로미터 고도까지 올라가면 파이프는 암석층을 뚫고 해저로 깊숙이 들어갔어요.

핵에 사는 사람들에게 시추는 누워서 떡 먹기일 정도로 쉬웠지만 허술한 기술이 하나 있었어요. 밀폐 말이에요. 거품세계에는 액체와 기체가 없기 때문에 밀폐 기술이 필요 없었다고요. 파이프 밑에 설치한 밸브는 꽉 잠기지 않아서 열지도 않았는데 바닷물이 새어 나왔어요. 나중에 알게 된 사실인데 바닷물이 새는 게 천만다행한 일이었어요. 만약 꽉 잠긴 밸브를 열었다면 고압의 바닷물이 순식간에 쏟아졌을 거예요. 바닷물이 갖는 운동에너지 크기는 지난번 작고 좁은 틈으로 들어올 때보다 훨씬 커서 레이저처럼 모든 것을 절단 냈을 거예요. 다행히도 느슨하게 잠긴 밸브로 새어 들어오는 물은 얼마든지 통제가 가능했어요.

한 번 상상해 보세요. 거품배의 탐험가들이 가느다란 물줄기가 분출되는 것을 바로 눈앞에서 보고 기겁한 모습을요! 지구의 원시인이 전류에 무지했던 것처럼 핵에 사는 사람들은 액체에 대해 전혀 알지 못했어요. 금속 용기로 조심스럽게 물을 한 가득 뜬 후, 거품배는 전진기지로 되돌아갔죠. 탐험가들은 하강하면서도 연구 표본인 바닷물을 매우 소중하게 지켰어요. 이때 그들은 이 물질에 관한 새로운 사실을 하나 더 알아냈어요. 무형암은 알고 보니 투명하더군요! 지난번 좁은 틈으로 흘러든 바닷물은 모래흙과 섞여서 투명하지 않았거든요.

신기한 일은 여기서 끝나지 않았어요. 거품배가 깊은 곳으로 하강하면서 온도가 올라가자 탐험가들 앞에 무서운 광경이 펼쳐졌어요. 무형암에 생명체가 있었던 거예요! 되살아난 생명체는 부글부글 끓어오르더니 수없이 많은 방울로 구성된 괴상한 모양으로 변하는 게 아니겠어요. 무형암은 생명력을 드러내다 유령처럼 생긴 하얀 그림자가 되어 허공으로 사라졌어요. 통 안에 담긴 무형암이 하얀색의 요상한 그림자가 되어 사라진 후, 배 안에 있던 탐험가들은 몸에서 이상한 느낌을 감지했어요. 그러나 그것도 잠시, 합선된 전기 불꽃이 그들의 몸 안에서 번쩍거리더니 결국 화염 속에서 괴로워하며 죽고 말았어요.

전진기지 안의 사람들은 감시 카메라로 받은 지진파 영상을 통해 이 무서운 광경을 목격했어요. 곧이어 감시 카메라도 합선으로 꺼져 버렸어요. 앞서 가던 보급선도 같은 운명에 처하고 말았죠. 하강하던 거품배와 결합된 보급선의 항해사도 합선으로 목숨을 잃었던 거예요. 무형암은 모든 공간에 드리운 죽음의 신이 됐어요. 하지만 과학자들은 이번 합선은 지난번보다 격렬하지 않았다며 다음과 같은 결론을 냈어요. 즉, 공간의 부피가 증가하면 형태가 없는 죽음의 신이 차지하는 밀도도 줄어든다는 겁니다. 이어서 더 많은 생명이 희생된 다음에야 우리는 또 다른 형태의 물질을 발견했어요. 그것은 바로 기체예요.

10만 년의 탐험

　이 중요한 물질을 발견한 후, 거품세계 정부는 과거의 적들과 연합하여 탐험에 뛰어들었어요. 그때부터 탐험 투자가 물밀듯이 쏟아졌고 마지막 돌파구를 깰 수 있는 밑거름이 마련됐어요.

　당시 수증기에 관한 비밀이 많이 밝혀졌지만 밀폐 기술은 여전히 뒤떨어진 상태라 사람들의 목숨과 측량 설비의 희생을 피할 수 없었어요. 그러나 고무적이게도 과학자들은 4,500킬로미터 이상의 고도에 이르면 무형암은 끓지 않고 사라진다는 사실을 알게 됐어요. 그래서 거품세계 정부와 탐험연맹은 힘을 모아 4,800킬로미터 고도에 실험실을 짓고, 더 길고 성능이 뛰어난 파이프를 설치한 후 무형암 연구에만 전념했어요.

　"이때부터 아르키메데스의 연구를 시작한 거로군요."

　그래요, 하지만 우리는 원시시대에 이미 패러데이 연구를 시작했다는 사실을 잊지 마세요. 과학자들은 무형암 실험실에서 수압과 부력 법칙을 연이어 발견했고 액체와 관련된 밀폐 기술도 개선했어요. 그리고 마침내 굉장히 중요한 사실을 찾아냈어요. 알고 보니 무형암 항해는 땅 짚고 헤엄치기더군요. 지층 항해보다 훨씬 쉬웠더란 말이에요. 선체의 밀폐와 수압을 이겨낼 수 있는 조건만 갖춘다면 배는 무형암 속에서 상상하기 힘든 속도로 빠르게 올라갈 수 있었어요.

"거품세계의 로켓이었군요."

물 로켓이라고 부르는 게 맞겠죠. 물 로켓은 고압을 견디는 달걀형 거품배로 동력 시설은 없어요. 안에는 탐험가 한 명만 탈 수 있었어요. 처음으로 물 로켓을 탔던 자를 거품세계의 가가린이라고 부릅시다. 물 로켓 발사대는 암석층에서 파낸 널찍한 지지대로 5,000킬로미터 높이에 위치해 있었어요.

발사 1시간 전, 가가린은 물 로켓에 들어가 밀폐된 선실의 문을 꼭 닫았어요. 모든 측량기와 생명 유지 시스템이 정상인지 확인한 후, 자동 굴착기는 지지대 상부에 있는 두께가 10미터 이하인 얇은 암석층을 깨뜨렸어요. 상부 무형암의 거대한 압력을 받은 암석층이 '우르르 쾅쾅' 하는 소리와 함께 무너졌고, 물 로켓은 깊은 바다의 무형암 속으로 잠겼어요.

주변에 먼지가 가라앉은 후, 가가린은 다이아몬드로 만든 투명한 창을 통해 발사대 위의 두 조명등이 무형암 속에서 두 줄기 빛을 내는 기이한 현상을 발견했어요. 거품세계에는 공기가 없기 때문에, 광선이 산란되지 않거든요. 그제야 핵에 사는 사람들은 처음으로 빛의 모양을 보게 된 거예요. 가가린은 지진파가 보낸 발사 명령을 받자마자 핸들을 잡아당겨 물 로켓을 아래 암석층에 고정시키고 있던 고리를 느슨하게 풀었어요. 그러자 물 로켓이 서서히 해저를 벗어나더니 무형암 속에서 속도를 내며 위를 향해 떠올랐어요.

과학자들은 해저 압력을 통해 상부 무형암의 두께는 약 1만 킬로미터라는 결과 값을 어렵지 않게 계산했어요. 이제 돌발 상황만 일어나지 않는다면 위로 떠오른 물 로켓은 15분 안에 이 노정을 모두 끝낼 수 있었죠. 물론 앞날은 아무도 모르는 거지만요.

물 로켓은 고요함 속에서 위로 올라갔어요. 창밖에는 온통 깊이를 알 수 없는 어둠뿐이었어요. 가끔 무형암 속에 있는 먼지들이 창에서 나오는 빛 속을 스쳐 지나가는 속도로 물 로켓의 상승 속도를 가늠했지요.

그러다 순간 가가린에게 두려움이 엄습했어요. 그는 거품세계에 사는 생명체잖아요. 처음으로 무형암 공간으로 들어왔는데 아무 것도 의지할 데 없는 허무감이 온몸을 내리누르더란 말입니다. 15분의 노정이 어쩜 그리 길게 느껴지던지. 그 짧은 시간에 문명의 10만 년 탐험 역사가 모두 담겨 있었어요. 끝이 없을 것만 같았는데 말이에요. 가가린이 정신을 잃으려고 할 때쯤, 물 로켓이 행성의 해수면으로 떠올랐어요.

떠오르는 관성으로 인해 물 로켓은 해수면에서 몇 미터 허공까지 올랐다 하강했는데 그 순간에 가가린은 창을 통해 하부 무형암의 끝없이 넓은 표면을 내려다봤어요. 거대한 평면은 잔잔하면서도 반짝였어요. 그러나 가가린이 표면에서 반사하는 빛이 어디서 오는지 생각할 겨를도 없이 물 로켓은 수면 위로 세게 떨어졌어요. 그 순간 무형암의 새하얀 물보라가 사방으로 흩날렸고, 물 로켓이 배처럼 수면 위에 붕 뜨면서 파도가 살짝 일었어요.

가가린은 조심스럽게 선실 문을 열고 천천히 몸을 내밀어 어디선가 불어오는 바람을 느꼈어요. 한참 후, 가가린은 그것이 바로 기체임을 알고 두려움에 온몸을 부들부들 떨었어요. 실험실의 다이아몬드 파이프 속에서 수증기의 흐름을 본 적은 있었지만 우주에 이렇게 많은 기체가 존재한다는 건 정말 상상도 못 했어요.

잠시 후, 가가린은 한 가지 사실을 알아냈어요. 이 기체는 무형암이 끓다 전환된 그 기체와는 달랐어요. 몸에 합선이 생기지 않더라는 겁니다. 나중에 그는 회상하면서 이런 말을 남겼어요. '보이지 않는 거대한 손이 나를 부드럽게 어루만졌다. 우리가 알지 못하는 무한한 존재에서 온 이 거대한 손에 나는 새롭게 다시 태어났다.'

가가린은 고개를 들고 주변을 바라봤어요. 장장 15만 년에 걸친 거품 문명의 탐색은 그렇게 마지막에 보상을 받았어요.

가가린 앞에는 별이 총총히 뜬 찬란한 하늘이 펼쳐졌어요.

산은 어디에나 존재한다

"그렇게 긴 시간 동안 탐험한 끝에 우리의 시작점에 섰다니 정말 대단합니다."

펑판은 감탄했다.

당신들은 행운의 문명에 살고 있는 겁니다.

우주까지 뻗어 간 대기로 인해 만들어진 얼음 구름은 점점 커져서 온 하늘에 반짝였다. 외계 비행체가 얼음 구름 속에서 화려한 무지갯빛을 뿜어 댔다. 아래에는 커다란 돌개바람이 만든 거대한 우물이 여전히 휘휘 소리를 내며 회전하고 있었는데, 그 모습이 마치 엄청난 기계가 이 행성을 가루로 갈아 버릴 것 같았다.

산 정상 주변은 아까보다 평온해져서 그 어떤 파도도 일지 않아 해수면이 거울과 같았다. 이를 본 펑판은 창베이 고산의 호수가 떠올랐다. 그 순간 그는 떠오르는 기억을 억누르고 현실만 생각하기로 했다.

"이곳에 온 목적이 뭔가요?"

우리는 지나가는 길이었어요. 이곳의 지적인 문명을 보니 여기 사람과 이야기가 하고 싶어지더군요. 산 정상에 오른 첫 번째 사람과 이야기를 하기로 했지요.

"산이 있으면 누군가는 오를 겁니다."

그래요, 등반은 지적인 생명체가 지닌 본성이니까요. 그들은 더 높은 곳에 올라 더 멀리 보고 싶어 해요. 물론 이것은 생존을 위한 필수 조건은 아니에요. 예를 들어, 당신도 생존만 생각했다면 이 산에서 되도록 멀리 띠났겠지요. 하지만 당신은 산을 올랐어요. 진화가 지혜로운 문명에게 높은 곳에 오르고 싶은 욕망을 심어 준 데는 심오한 이유가 있어요. 하지만 아무도 그 이유를 모릅니다. 다만 산은 어디에나 있고 우리는 산 밑에 있어요.

"저는 산 정상에 있어요."

평판은 최고봉에 오른 자신의 명예에 누군가 도전하는 것을 허락하지 않는다는 듯 말했다. 설령 그것이 외계인이라 할지라도 말이다.

당신은 산 아래에 있어요. 우리는 모두 산 아래에 있어요. 광속은 산자락이에요. 공간도 산자락이고요. 우리는 광속과 공간이라는 좁은 계곡 속에 감금되어 있다고요. 답답하지 않나요?

"태어나서 쭉 살아온 곳이라 익숙합니다."

그렇다면 제가 이어서 하는 말은 낯설 겁니다. 이 우주를 보면 무엇이 느껴집니까?

"광활하다, 무한하다, 이러한 단어들이 떠오릅니다."

답답하지 않습니까?

"그럴 리가 있겠어요? 제가 보기에 우주는 무한합니다. 과학자들 말로는 반경이 200억 광년이라고 해요."

그렇다면 제가 알려 주지요. 여기는 반경 200억 광년의 거품세계입니다.

"……."

이 우주는 하나의 빈 거품이에요. 더 큰 고체 속 빈 거품이라고요.

"그게 가능합니까? 이 큰 고체는 인력으로 붕괴되지 않겠지요?"

적어도 지금은 아니에요. 이 거품은 고체 덩어리 속에서 계속 팽창하고 있어요. 인력이 일으키는 붕괴는 유한한 고체 덩어리에서 일어나요. 만약 우주를 감싼 고체 덩어리가 무한하다면 붕괴는 일어나지 않겠죠. 물론 어디까지나 이건 추측일 뿐입니다. 고체의 초우주가 유한한지 아닌지 아는 사람은 아무도 없어요.

이와 관련해서 수많은 추측이 나왔지요. 예를 들어 미시적 단위로 보면 전자기력이 핵력에 상쇄되는 것처럼 크기의 단위로 보면 중력은 다른 힘에 상쇄될 수 있어요. 그렇기 때문에 우리는 중력을 느끼지 못하는 겁니다. 거품세계가 만유인력을 느끼지 못하는 것과 마찬가지로요. 우리가 수집한 자료를 보니 지구의 과학자들도 우주의 모양에 대해 여러 추측을 했더군요. 당신이 모를 뿐이에요.

"커다란 고체 덩어리는 어떤 모양인가요? 마찬가지로…… 암석층인가요?"

아직은 몰라요. 5만 년 후, 목적지에 다다라야 알 수 있어요.

"이제 어디로 갈 건가요?"

우주의 경계로 갈 거예요. 우리는 거품배예요. 바늘끝호라고 하죠. 이 이름을 기억하십니까?

"기억하고말고요. 바늘끝호가 거품세계에서 가장 먼저 암석층의 밀도 체감 법칙을 발견하지 않았나요?"

맞아요. 우리가 무엇을 발견할 수 있을지는 아무도 몰라요.

"초우주 속에 다른 빈 거품도 있나요?"

멀리도 생각하는군요.

"생각 안 할 수 없지요."

거대한 암석 속에 조그만 거품을 생각해 보세요. 설령 있다 해도 찾기 어렵지요. 하지만 우리는 그걸 찾으러 갑니다.

"당신들은 정말 위대합니다."

아쉽지만 이제 그만 즐거운 시간을 마쳐야겠군요. 이제 다시 서둘러 가던 길을 계속 가야겠어요. 5만 년은 너무 길거든요. 시간 싸움이에요. 당신을 만나 매우 기뻤어요. 산은 어디에나 있다는 걸 꼭 기억하세요.

얼음 구름에 가려져 마지막 글자는 희미하게 보였다. 이어서 하늘에 펼쳐졌던 거대한 화면이 점점 어두워졌고, 거대한 구도 작아지더니 하늘에 뜬 별들 중 하나가 됐다. 이 모든 것이 처음 모습을 드러낼 때보다 훨씬 빠른 속도로 지나갔다. 조금 전 별이 된 구는 눈 깜빡할 새에 밤하늘에서 자취를 감추더니 서쪽 하늘로 사라져 버렸다.

바다와 하늘 사이에 존재하는 온 세상에 어둠이 내리면서 얼음 구름과 폭풍 속 거대한 우물이 눈앞에서 사라지고 캄캄한 혼돈만 남았다. 주변에 있는 폭풍의 윙윙 소리가 빠르게 줄어든 자리에는 구슬픈 흐느낌 소리만 들리다가 어느 순간부터 그 소리마저 사라지고 파도 소리만 들려왔다.

펑판은 추락하는 느낌이 들었다. 주변 해수면의 모양이 서서히 변하면서 활짝 펴진 파라솔 같던 바다산의 정상이 편평해지기 시작했다. 바닷물이 이룬 높은 산이 사라지고 있었다. 펑판은 9,000미터 고공에서 바닷물과 함께 추락했다. 느낌상 2~3분 쯤 지나니 붕 떠 있던 바닷물이 하강을 멈췄다. 펑판은 추락하는 관성 때문에 이미 하강을 멈춘 해수면 아래로 잠겼다. 다행히 깊이 잠기지는 않아 금세 물 위로 떠오를 수 있었다.

주변의 바닷물은 다시 원래 모습을 되찾았다. 조금 전까지 있던 높은 바다산은 언제 있었냐는 듯 그림자도 보이지 않았다. 폭풍도 완전히 멈췄다. 폭풍의 강도는 컸지만 머물러 있던 시간이 짧아서 바다 표면에 파도만 잠시 생기다 금세 잠잠해졌다. 하늘에 떠 있던 얼음 구름도 흩어지면서 별이 총총한 하늘이 다시 모습을 드러냈다.

평판은 고개를 들어 하늘을 바라보며 그 멀고 먼 세계를 상상했다. 빛도 가다가다 지칠 정도로 너무 먼 곳이었다. 지금의 평판처럼 오래 전 거품세계의 가가린도 바다 위에서 하염없이 하늘을 바라봤을 것이다. 두 사람의 영혼이 넓고 아득한 시공을 뛰어넘어 하나로 만나는 순간이었다.

잠시 후, 구역질이 난 평판은 한바탕 토를 했다. 입 안에서 나는 맛을 보니 피였다. 9,000미터 높이의 바다산 정상에서 고산병에 걸린 것이 분명했다. 폐부종으로 출혈이 발생했다면 위험한 상태였다. 갑자기 증가한 중력에 움직일 수 없을 정도로 허약해진 평판은 구명조끼에 의지해서 해수면에 떠 있었다. 남수호의 운명은 어떻게 됐을지 알 수 없지만 1,000킬로미터 이내에 배가 없다는 것은 확실했다.

평판은 바다산 정상에 올랐을 때 이번 생은 이것으로 만족하고 조용히 죽을 수 있다고 생각했다. 그랬던 그가 지금은 세상에서 가장 죽음이 두려워졌다. 지난번에 세계의 지붕에 올랐던 평판은 이번엔 바닷물로 된 세계에서 가장 높은 봉우리에 올랐다. 다음은 어떤 산을 오를 수 있을까? 살아 있어야만 그 답을 알 수 있었다.

몇 년 전, 에베레스트산에 폭풍설이 불어 닥칠 때의 느낌이 다시 돌아왔다.

'반드시 살아야 한다. 산은 어디에나 존재하니까.'

최초의 빛

무한히 넓은 꽃밭

❖

그는 34년 전에 처음 본 사운산 천문대의 모습이 아직도 기억에 생생했다. 구급차를 타고 산등성이에 올라 먼 곳을 바라봤을 때, 사운산의 최고봉에 진주를 박아 놓은 듯 천문대의 둥근 지붕이 석양의 금빛에 반짝이고 있었다.

당시 그는 의과대학을 졸업한 지 얼마 안 된 신경외과 인턴이었다. 주치의 보조로 천문대에 와서 호송하기 힘든 부상자를 응급치료하고 있었다. 부상자는 방문 연구 때문에 이곳에 온 영국 학자로 산책을 하다 발을 헛디디는 바람에 절벽으로 떨어져 뇌를 다쳤다. 천문대에 도착한 응급 구조원들은 부상자의 두개골에 구멍을 내고 뭉친 피를 뽑아서 뇌압을 떨어뜨렸다. 잠시 후, 그들은 부상자의 상태가 호전된 것을 확인하고 그를 병원으로 옮겨 수술을 받도록 했다.

천문대를 떠날 때쯤에는 이미 밤이 깊었다. 구급차에 부상자를 태우는 사람들을 뒤로 하고 그는 호기심 어린 눈으로 주변에 있는 구형 지붕의 천문대를 둘러봤다. 달빛 아래 위치한 이곳은 스톤헨지처럼 무언가 심오한 의미를 담고 있는 것만 같았다. 그는 지금 생각해도 풀리지 않는 신비로운 힘에 이끌려 가장 가까이에 있는 천문대로 걸어 들어갔다.

내부에는 불이 켜져 있진 않았지만 대신 무수히 많은 작은 램프가 깜빡이고 있었다. 그는 안으로 들어가며 달이 뜬 하늘에서 달이 없는 하늘로 옮겨 가는 느낌이 들었다. 천문대 둥근 지붕의 틈을 타고 가느다란 한 줄기 달빛이 내려와 커다란 천문 망원경의 윤곽을 비췄다. 그 모습이 마치 깊은 밤 도시의 광장 가운데에 설치한 추상적인 현대 예술 작품 같았다.

망원경 아래로 살며시 다가가 보니 생각했던 것보다 훨씬 복잡한 장치들이 희미한 빛 속에 모습을 드러냈다. 그가 망원경의 접안부를 찾고 있는데 문 쪽에서 부드러운 여자 목소리가 들려왔다.

"태양망원경이라 접안렌즈가 없어요."

흰색 작업복을 입은 호리호리한 실루엣이 달빛에 반짝이는 깃털처럼 사뿐사뿐 걸어 들어왔다. 그녀의 움직임에 이는 가벼운 바람이 그의 얼굴을 살며시 스쳐 지나갔다.

"기존에 있던 태양망원경은 형상을 스크린에 투영했지만 지금은 모니터에서 볼 수 있어요. 의사 선생님은 이곳에 흥미가 많으시군요."

그는 고개를 끄덕이며 말했다.

"천문대는 그 무엇에도 얽매이지 않는 변화무쌍한 곳이에요. 저는 이런 곳을 매우 좋아합니다."

"그런데 왜 의사가 되셨나요? 아, 제가 실례를 했군요."

"의학도 섬세한 기술을 요하기 때문에 예측 불가능한 변화가 많아요. 제 전공인 신경외과가 대표적이죠."

"그래요? 수술칼로 뇌를 열면 생각도 볼 수 있나요?"

그는 희미한 빛에 비치는 그녀의 웃는 얼굴에서 한 번도 본 적 없는 스크린에 비친 태양을 봤다. 지금 그가 보는 이 태양은 위세 등등한 불길은 사라지고 온화한 빛만 남아서 그의 심장을 뛰게 했다. 그는 그녀가 자기를 봐 주길 바라면서 살짝 웃었다.

"생각이 있는지는 최대한 찾아볼게요. 한 번 상상해 보세요. 한 손으로 거뜬히 들 수 있는 호두 모양의 뇌는 다채로운 우주입니다. 철학적인 관점에서 보면 이 뇌라는 우주는 박사님이 관찰하는 우주보다 훨씬 거대합니다. 우주는 수백억 광년에 달할 정도로 광활하지만 유한하다는 게 증명됐잖아요. 하지만 머릿속의 우주는 무한합니다. 생각은 무궁무진하니까요."

"모든 사람의 생각이 무한한 건 아니에요. 의사 선생님은 상상력이 풍부한 분 같군요. 천문학은 선생님이 상상하는 것처럼 그렇게 변화무쌍하지 않아요. 몇천 년 전 나일강과 수백 년 전의 원양어선에서 사용하던 실용 기술이죠.

천문학자들은 오랜 세월 동안 별자리에 수많은 항성의 위치를 표시하고 별들을 연구하는 데에 일생을 바쳤어요. 하지만 이제 천문학의 구체적인 연구 사업은 무미건조해졌고 낭만도 사라졌어요. 제가 참여하는 사업만 봐도 그래요. 저는 항성의 빛을 연구하면서 관측하고 기록하고 또 관측하고 기록하기를 반복하고 있어요. 자유로울 것도 없고 변화무쌍하지도 않은 작업이에요."

그는 놀랐는지 눈썹을 치켜올리며 물었다.

"항성이 반짝이고 있나요? 우리가 보는 것처럼 그대로요?"

웃기만 하고 아무 말도 하지 않는 그녀를 보고 그는 자조적인 웃음을 지었다.

"물론 대기층의 굴절 때문이라는 건 알고 있어요."

그녀는 고개를 끄덕이고는 입을 열었다.

"하지만 이 현상을 시각적으로 비유하니 생동감은 있네요. 기본 물리상수를 떼고 출력 에너지 파동의 차이값만 보여 준다면 빛 속의 항성은 정말 그런 모양으로 보일 거예요."

"태양의 흑점과 플레어 등의 원인으로 일어나는 건가요?"

웃음기를 거둔 그녀는 진지한 표정으로 고개를 저었다.

"아니에요. 이건 항성의 총에너지가 내보내는 파동이에요. 원인은 단순하지 않아요. 전등처럼 말이에요. 전등의 밝기 변화는 주변에 있는 나방 때문이 아니라 전압의 파동 때문이잖아요. 물론 항성의 빛 파동은 미약해서 아주 정밀한 관측기로 봐야 알수 있어요. 빛의 파동이 약하지 않았다면 우리는 진작 태양의 섬광에 타 버렸을 거예요. 그래서 항성의 심층 구조를 이해하려면 빛을 알아야 해요."

"그래서 발견한 게 있나요?"

"아직도 한참 멀었어요. 지금까지는 관측이 수월한 항성 하나만 관측했을 뿐이에요. 태양의 빛 말이에요. 몇 년에 걸쳐서 관측해야 할 거예요. 관측 목표를 가까운 곳에서 먼 곳으로 넓히면서 다른 항성으로 조금씩 확대해야 하죠. 수십 년에 걸쳐 우주에서 표본을 채집하면 귀납적 발견을 이야기할 수 있을 거예요. 이게 제 박사 논문의 주제인데 평생을 여기에 묶여 연구만 해야 할지도 모르겠어요."

"그렇게 말하는 걸 보니 천문학을 따분하게 생각하지는 않는군요."

"저는 아름다운 연구에 종사하고 있다고 생각해요. 항성 세계에 가는 건 무한히 넓은 꽃밭에 들어가는 것과 같아요. 이곳에는 똑같은 꽃잎이 없어요. 제 비유가 이상하겠지만 저는 확실히 그렇다고 생각해요."

그녀는 이야기를 하면서 무의식적으로 벽을 가리켰다. 그녀가 가리키는 곳에는 울퉁불퉁하고 굵게 이어진 선으로 표현된 추상화가 걸려 있었다. 그녀는 그림을 그에게 건넸다. 울퉁불퉁한 굵은 선은 사운산에 있는 자갈들이었다.

"아름답군요. 무엇을 표현한 거죠? 산봉우리인가요?"

"최근에 태양이 깜빡인 걸 관측했어요. 몇 년 간 관측한 것 중에 보기 드문 격렬함과 파동방정식을 보여 줬어요. 이 자갈로 만든 선은 태양이 깜빡였을 때 복사에너지의 파동 곡선을 표현한 거예요. 하하, 저는 산을 산책할 때마다 자갈을 자주 주워 와요. 그래서⋯⋯."

그러나 그의 시선을 사로잡은 곡선은 다른 데 있었다. 작은 램프의 희미한 불빛이 그녀의 한쪽 몸을 따라 그린 곡선의 실루엣이었다. 그녀의 다른 한쪽은 어둠에 파묻혀 있었다. 빛이 그린 그녀의 실루엣은 수묵화의 대가가 빈 화선지에 손이 가는 대로 그린 자유분방한 선 같았다. 부드러운 곡선이 내뿜는 힘에 여백까지 생기와 의미가 넘쳐흐르듯 그녀도 그랬다.

그가 살고 있는 도시에서 흔히 볼 수 있는 젊고 화려한 여성들은 마치 브라운운동*을 하는 것처럼 공허하기만 한 화려함과 허영만 좇을 뿐 한 순간도 평온한 정신을 찾지 않았다. 그런데 시끌벅적한 도시와 대비되는 사운산에서 하늘을 바라보며 사는 그녀를 만날 줄 누가 상상이나 했을까.

"우주에서 이러한 아름다움을 느끼기란 결코 쉽지 않아요. 박사님은 정말 운이 좋은 거예요."

그는 순간 실례를 했다고 느끼며 시선을 거두었다. 그림을 그녀에게 돌려줬지만 그녀는 받지 않았다.

"기념으로 드릴게요. 오늘 부상당한 분은 제 지도 교수이신 윌슨 교수님이세요. 구해 주셔서 고마워요."

10분 후, 구급차가 달빛을 조명 삼아 천문대를 떠났다. 그 후 그는 자신의 무엇인가를 사운산에 남겨 놓고 왔다는 느낌이 들기 시작했다.

---

* 액체나 기체 안에 떠서 움직이는 작은 입자의 불규칙한 운동

첫 번째 회상

　그는 결혼을 앞두고 시간에 맞서려는 노력을 완전히 포기했다. 혼자 살던 기숙사에서 필요한 물건만 신혼집으로 옮기고 나머지 불필요한 것들은 병원 사무실로 가져왔다. 자리에 앉아 짐을 슬렁슬렁 들춰 보던 그는 자갈이 박힌 그림을 발견했다. 제각기 다른 자갈들이 그린 곡선을 보니 문득 사운산이 떠올랐다. 어느새 10년이나 흘러 있었다.

센타우루스자리 알파

병원의 젊은 직원들이 준비한 봄 소풍은 그에게 더없이 소중한 기회였다. 앞으로 이러한 활동에 그가 초대받을 일이 몇 번이나 더 있을까.

이번 여행을 기획한 사람이 한 가지 흥미로운 게임을 제안했다. 차창 커튼을 모두 치고 목적지에 도착한 후 어딘지 알아맞히는 게임이었다. 가장 먼저 맞히는 사람에게는 상품도 준다고 했다. 그는 차에서 내리자마자 정답을 알았지만 입을 꼭 다물었다.

사운산의 최고봉이 눈앞에 펼쳐졌다. 정상에 있는 진주 같은 둥근 지붕에는 반사된 햇살이 반짝이고 있었다.

정답자가 나올 때까지 기다렸던 그는 게임이 끝나자 인솔자에게 천문대에 있는 지인을 만나러 가겠다고 알리고 산 정상으로 올라갔다.

그가 일행에게 거짓말을 한 것은 아니었다. 이름도 모르는 그녀가 천문대 직원이 아니라는 사실은 내심 짐작하고 있었다. 10년이 지났으니 이곳에 더 이상 근무하지 않을 지도 모른다. 그는 천문대 안으로 들어갈 생각은 전혀 없었다. 그저 멀리서 바라만 보고 싶을 뿐이었다. 10년 전, 그곳에서 햇살처럼 찬란하고 뜨거웠던 그의 마음에 한 줄기 달빛이 스며들었다.

1시간 후, 산 정상에 오른 그는 페인트색이 바랜 난간에 서서 말없이 천문대를 쳐다봤다. 변한 데가 거의 없어서인지 전에 들어갔던 둥근 지붕 건물을 한눈에 알아볼 수 있었다. 그는 풀밭에 있는 네모난 돌 위에 앉아 담배 한 대를 입에 물고 세월의 흔적이 보이는 철문을 멍하니 바라봤다. 기억 속 깊은 곳에 고이 간직했던 장면이 서서히 떠올랐다. 반쯤 열린 철문으로 부드러운 달빛이 비치고 그 속에서 날아 들어왔던 가벼운 깃털……

흘러간 옛 꿈속에 빠져 있어서였을까. 그는 기적이 나타났는데도 전혀 놀라지 않았다. 천문대의 철문이 열리더니 햇살 속에서 깃털과 함께 그녀가 사뿐사뿐 걸어 나와 옆에 있는 천문대로 들어갔다. 눈 깜짝할 사이에 일어난 일이지만 그는 결코 잘못 보지 않았다.

5분 후, 그와 그녀는 다시 만났다.

그는 처음으로 환한 빛 속에서 그녀를 봤다. 그녀는 상상 속에 그리던 그 모습 그대로라 전혀 낯설지 않았다. 생각해 보니 어느새 10년이 흘렀다. 당시 달빛과 램프의 희미한 빛 속에서 나타났던 그녀와 지금의 그녀가 똑같을 순 없겠다고 생각하니 그는 순간 혼란스러웠다.

그녀는 그를 보고 기뻐했지만 딱 거기까지였다.

"의사 선생님, 알다시피 저는 여러 천문대를 돌아다니며 관측 사업에 참여하고 있어요. 그래서 1년에 6개월만 이곳에 머물고 있는데 여기서 선생님을 다시 만났네요. 정말 인연이로군요!"

그녀가 가볍게 내뱉은 마지막 말에 그의 예감이 사실로 증명됐다. 그녀에게 그는 그 이상도 그 이하도 아니었다. 그러나 10년이 지났는데도 자신을 알아봐 준 것에 그는 위안을 얻었다.

두 사람은 뇌를 다쳤던 영국 학자의 근황을 시작으로 이야기를 이어갔다.

"아직 항성이 내는 빛을 연구하고 있나요?"

"네, 태양의 섬광에 관해 2년 동안 관측하다 다른 항성들로 눈을 돌렸어요. 알다시피 다른 항성을 관측하는 방법은 태양과 완전히 달라요. 그런데 프로젝트 자금이 새로 들어오지 않아 관측이 몇 년째 중단됐어요. 그러다 3년 전에 프로젝트를 재개해서 항성 두 개를 관측 중이에요. 관측하는 항성 수와 규모가 계속 확대되고 있어요."

"그러면 자갈 그림도 많이 만들었겠군요."

10년 동안 그의 기억 깊은 곳에서 수없이 떠올랐던 그녀의 웃는 얼굴이 햇살에 환히 밝아 왔다.

"아, 아직 기억하고 계시는군요! 네, 사운산에 올 때마다 여전히 자갈을 모으고 있어요. 이리 와서 보세요."

그녀는 10년 전 그 관측대로 그를 데려갔다. 앞에 보이는 커다란 망원경은 예전 그 태양망원경일까. 망원경 주변에 있는 컴퓨터 설비가 모두 새 것인 걸 보니 그때 사용하던 것이 아닐 수 있겠다는 생각이 들었다. 그녀가 안내한 아치형 벽에 낯익은 것이 보였다. 그 어느 하나도 같은 것이 없는 자갈들이 선을 이룬 그림이었다. 그 선은 파동 곡선을 묘사하고 있어서 길이도 서로 달랐다. 어떤 것은 완만했고 어떤 것은 높낮이가 들쭉날쭉했다.

그녀는 그림이 어느 항성의 파동을 표현한 것인지 하나하나 설명했다.

"우리는 여기서 나타내고 있는 빛을 항성의 A형 빛이라고 불러요. 다른 빛과 달리 이들은 꽤 드물게 모습을 드러내요. A형 빛은 항성에서 자주 볼 수 있는 빛과 달리 에너지 파동이 10의 몇 제곱이나 크죠. 그 빛의 파형은 수학적으로 무척 아름다워요."

그는 그녀의 말이 당혹스러운지 고개를 저었다.

"박사님처럼 기초 이론을 연구하는 과학자들은 수학적인 아름다움을 자주 말하더군요. 그런데 그건 그들만의 전매품 같아요. 예를 들어 맥스웰 방정식이 아름답다고 하는데, 저도 그 방정식을 볼 줄 알지만 도무지 어디가 아름다운 건지 모르겠단 말이죠."

10년 전과 마찬가지로 그녀는 순간 엄숙해졌다.

"수정처럼 아름다워요. 단단하고 순수하고 투명하지요."

그는 그림 하나에 시선이 멈췄다.

"아, 그때 그 파동을 다시 만들었군요?"

그녀는 무슨 말인지 이해가 되지 않았다. 그는 얼른 눈치채고 보충해서 말했다.

"10년 전 저에게 선물로 준 태양 빛의 파형 말입니다."

"아, 이건…… 센타우루스자리 알파의 A형 빛의 파형이에요. 아, 그러니까 작년 10월에 관측한 거지요."

그녀가 당황하는 모습은 사실이었다. 하지만 그는 자신의 생각이 맞는다고 확신했다. 이 파동은 그에게 너무나도 익숙했기 때문이다. 그는 곡선을 이룬 자갈의 색깔과 모양을 순서대로 기억하고 있었다. 그녀에게 알려 주지는 않았지만 그는 지난 10년 중 결혼 생활을 시작한 마지막 1년을 제외하고, 이 그림을 항상 기숙사 벽에 걸어 놓고 있었다. 한 달에 며칠은 침대에 누워 어둠 속 달빛에 선명하게 비치는 그 자갈 선을 가만히 바라보고는 했었다.

당시 그는 곡선을 따라 자갈 개수를 하나하나 세기도 했다. 그때 보던 그 자갈들은 마치 딱정벌레같이 곡선을 따라 기어가고 있었다. 끝까지 센 다음 다시 처음으로 돌아와 반 정도 셀 때쯤이면 어느새 잠이 들고는 했다. 꿈속에서 그는 태양에서 온 곡선을 따라 천천히 걸었다. 색깔이 있는 돌들을 하나씩 밟으면 영원히 만날 수 없는 깨달음의 강을 건널 것만 같았다.

"10년 전 그 태양 빛의 곡선을 찾을 수 있습니까? 날짜는 그해 4월 23일이었어요."

"물론이죠."

정확하게 날짜를 기억하고 있는 그에게 놀랐는지 그녀는 특별한 의미가 담긴 눈빛으로 그를 한 번 쳐다본 후 컴퓨터 앞으로 다가갔다. 오래 지나지 않아 그녀는 태양 빛의 파형을 찾은 후 이어서 찾아낸 벽에 걸린 센타우루스자리 알파의 파형도 모니터에 띄웠다.

두 파형은 완벽하게 일치했다.

두 사람 사이에 한참 동안 침묵이 흘렀다. 잠시 후, 그가 침묵을 깨고 말했다.

"이 두 항성의 구조가 같아서 빛의 파형도 일치하는 걸 거예요. A형 빛은 항성의 심층 구조를 보여 주네요."

"두 항성 모두 주계열성*에 있고 분광형**도 같은 G2이지만 구조가 완전히 같은 건 아니에요. 여기서 핵심은 구조가 같은 두 항성도 파형이 이렇게 일치하는 경우는 없다는 거죠. 생김새가 완전히 일치하는 두 항성을 본 적 있으세요? 복잡한 파형이 완벽하게 일치한다니. 이건 나뭇가지 끝이 완전히 똑같은 나무와 같아요."

그는 자신의 말이 무의미하다는 걸 알면서도 위로의 말을 건넸다.

"어쩌면 빼다 박은 듯 똑같은 나무 두 그루가 실제로 존재할 수도 있겠죠."

그녀는 고개를 절레절레 흔들다가 무엇인가가 떠올랐는지 자리에서 벌떡 일어났다. 그녀의 눈빛에는 방금 전 보였던 놀라움에 두려움까지 겹쳤다.

"이런 맙소사!"

그는 관심 어린 목소리로 물었다.

"뭐가요?"

"의사 선생님……. 시간을 생각한 적이 있나요?"

---

* 온도가 높아질수록 더욱 밝아지는 항성. 중심부에서 수소 핵융합 반응을 일으키면서 빛을 낸다.
** 빛의 종류와 세기에 따라 항성을 분류한 것. 항성의 표면 온도에 따라 O, B, A, F, G, K, M으로 나타낸다.

그는 눈치가 빠른 사람이라 그녀가 무엇을 말하는지 금세 알아차렸다.

"제가 알기로 센타우루스자리 알파는 지구에서 가장 가까이 있는 항성이에요. 거리가…… 대략 4광년일 거예요."

"1.3파섹은 4.25광년이에요."

그녀는 놀라움에 사로잡혀 온몸이 얼어 버렸다. 방금 그녀가 한 말은 다른 사람이 그녀의 입을 통해 말한 것 같았다.

이제 상황이 분명해졌다. 두 개의 같은 빛이 나타난 시간의 간격은 8년 6개월이었다. 이는 빛이 두 항성 사이를 왕복하는 데 걸리는 시간과 일치했다. 태양 빛의 광선이 4.25년 후 센타우루스자리 알파로 왔을 때 센타우루스자리 알파에 같은 빛이 일어났고, 다시 같은 시간이 흘러 센타우루스자리 알파의 광선이 되돌아오면서 관측된 것이었다.

그녀는 컴퓨터 앞에 앉아 연산을 실행하고는 혼잣말을 하듯 작게 말했다.

"최근 몇 년 동안 두 항성이 서로 멀어지는 것을 고려해 넣어도 결과는 여전히 정확하게 딱 맞아떨어져요."

"제가 불안하게 했군요. 미안합니다. 하지만 이건 더 이상 증명할 수 없는 일이니 너무 신경 쓰지 않아도 돼요."

그는 다시 그녀를 위로해 주고 싶었다.

"더 이상 증명할 수 없다고요? 그렇지만은 않을 거예요. 태양이 10년 전에 깜빡인 광선이 여전히 우주에 전해지고 있어요. 다시 항성 하나에서 같은 빛이 일어날 거예요."

"센타우루스자리 알파보다 조금 먼 항성은……."

"바너드별이에요. 1.81파섹 떨어져 있어요. 하지만 너무 어두워서 빛을 관측할 수 없어요. 그다음으로 떨어져 있는 별은 볼프 359로 2.35파섹이지만 마찬가지로 너무 어두워서 관측이 불가능해요. 그다음 별은 랄랑드 21185로 2.52파섹이나 이 별 역시 너무 어두워요. 그렇게 따지면 시리우스가 가능하겠군요."

"2.65파섹이라면 8.6광년이군요."

"태양 빛의 광선은 이미 10년 동안 우주를 돌아다녔으니 시리우스에 닿았겠어요. 그럼 시리우스도 반짝였을 거예요."

"그렇다면 그 광선은 7년 이상 더 기다려야 여기에 도달할 수 있겠네요."

그녀는 갑자기 꿈속에서 깨어난 사람처럼 고개를 갸웃하며 살짝 웃었다.

"풉. 내가 뭘 한 거지? 너무 웃기잖아!"

"천문학자로서 이런 생각을 하는 게 우습다는 말인가요?"

그녀는 진지한 눈빛으로 그를 바라봤다.

"그렇지 않겠어요? 신경외과 의사인 선생님이 다른 사람과 대뇌에서 생각을 하는 건지 심장에서 하는 건지 논하고 있다면 어떻겠어요?"

말문이 막힌 그는 그녀가 시계를 보는 모습을 보고 자리에서 일어나 작별 인사를 했다. 그녀는 그를 붙잡진 않았지만 산에 난 도로를 따라 멀리까지 배웅해 줬다. 그는 충동적으로 그녀에게 전화번호를 물어보려다가 참았다. 그녀에게 그는 10년만에 우연히 다시 만난 남남일 뿐이었다.

배웅을 하고서 그녀는 천문대로 돌아갔다. 산에서 불어오는 바람이 그녀의 하얀 작업복을 어루만졌다. 그의 머릿속에는 문득 10년 전 작별하던 그때의 느낌이 떠오르면서 햇살이 달빛으로 번했다. 가벼운 깃털이 그에게서 멀어지고 있었다. 그는 두 사람 사이에 실처럼 가늘게 연결된 관계를 이어가야겠다고 결심하고 그녀의 뒷모습을 보면서 소리쳤다.

"만약, 7년 후 시리우스가 정말 그렇게 반짝인다면……."

발걸음을 멈춘 그녀는 고개를 돌리고 미소 짓는 얼굴로 답했다.

"그때 여기서 다시 만나요!"

두 번째 회상

결혼 후, 그는 전과 다른 삶을 시작했지만 진정으로 그의 삶이 바뀐 것은 아이가 태어나면서부터였다. 아이가 태어난 후, 삶이라는 열차는 완행에서 급행으로 바뀌었고, 영원히 앞만 보면서 쉬지 않고 한 역 한 역 지나가야 했다.

여행길이 주는 지루함에 무덤덤해진 그는 두 눈을 감았다. 눈앞에 펼쳐진 비슷비슷한 경치는 사라지고 피로감에 잠을 청했다. 열차에서 잠을 자는 다른 여행객들과 마찬가지로 그의 마음 깊은 곳에 있는 작은 시계는 쉬지 않고 돌고 돌았다. 그러다 목적지에 도착하기 직전에 그는 번쩍 눈을 떴다.

어느 늦은 밤, 아내와 아이는 이미 깊은 잠에 빠져 있었다. 잠을 이루지 못하던 그는 알 수 없는 충동에 옷을 걸치고 베란다로 나갔다. 그는 도시의 안개 속에서 희미하게 빛나고 있는 별들을 바라보며 무엇인가를 찾고 있었다. 무엇을 찾고 있는 것일까? 잠시 후, 그는 자신이 왜 이러고 있는지를 깨달았다.

'시리우스를 찾고 있구나.'

그 순간 그의 몸이 부르르 떨렸다.

어느새 7년이 훌쩍 지나고 오늘까지 왔다. 이제 그녀와 약속했던 날이 이틀밖에 남지 않았다.

시리우스

어제 내린 첫눈에 길이 미끄러워 마지막 남은 길은 택시에서 내려 걸어 올라가야 했다.

그는 정상까지 가는 길에 몇 번이나 자신에게 제정신이냐고 되물었다. 그녀가 약속 장소에 왔을 가능성은 제로에 가까웠다. 이유는 간단했다. 시리우스는 17년 전 태양처럼 반짝일 수 없을 것이다.

7년 동안 그는 천문학과 천체물리학에 관련된 지식을 섭렵했다. 그 당시 웃기지도 않은 발견에 흥분했던 자신을 생각하면 쥐구멍에라도 숨고 싶은 심정이었다. 비웃지 않은 그녀가 얼마나 고마웠는지 모른다. 지금 생각해 보니 그녀가 그에게 보여준 진지한 모습은 그저 예의상 보인 행동일 뿐이었다. 7년 동안 그는 그녀와 했던 약속을 떠올리면 떠올릴수록 그녀의 말이 조롱처럼 느껴졌다.

천문 관측이 우주 궤도로 옮겨간 후, 사운산 천문대는 4년 전에 문을 닫았고 대신 그 자리에 별장이 생겼다.

'추운 겨울, 사람이라고는 찾아볼 수 없는 곳에 무얼 하러 가는 걸까?'

그는 발걸음을 멈췄다. 7년의 세월이 지닌 힘을 느끼고 나니 다시는 그때처럼 가뿐하게 등산할 수 없을 것만 같았다. 그는 잠시 머뭇거렸지만 결국 되돌아가려는 마음을 접고 계속해서 앞으로 걸어갔다.

'인생의 반이 지난 지금, 마지막으로 꿈을 따라가 보자.'

그는 하얀 옷을 입은 사람을 보고 처음에는 환영이라고 생각했다. 하얀 바람막이 재킷을 입고 있어서 눈이 쌓인 산과 분간하기 어려웠지만, 분명 그녀가 그를 향해 달려오고 있었다. 또다시 깃털이 멀리서 눈 속을 날아오르고 있었다. 그는 그녀가 코앞으로 다가올 때까지 멍하니 서 있었다.

그녀는 숨을 헐떡거리느라 잠시 말을 하지 못했다. 그녀는 길었던 머리를 단발로 자른 것 외에 그다지 변한 데가 없었다. 7년이 아주 긴 시간은 아니었다. 항성의 일생으로 보면 눈 깜짝할 사이라고 할 수도 없을 정도다. 그녀는 그런 항성을 연구하고 있었다.

그녀는 그의 눈을 바라보며 말했다.

"의사 선생님을 만날 거란 희망을 품진 않았어요. 저는 그저 약속을 지키고 싶었을 뿐이에요. 소망을 이루고 싶었다고 해 두죠."

"저도 그래요."

"관측 시간을 지나칠 뻔했어요. 하지만 약속을 잊지는 않았어요. 다만 기억 속 깊은 곳에 담아 두고 있었을 뿐이에요. 며칠 전 깊은 밤에 갑자기 생각이 나서……."

"저도 그랬어요."

그는 이 말을 하고 다시 고개를 끄덕였다. 두 사람 사이에 흐르는 침묵 속으로 메아리치는 솔바람 소리가 들려왔다.

그는 조금 떨리는 목소리로 물었다.

"시리우스가 정말 반짝였나요?"

그녀는 고개를 끄덕였다.

"빛의 파형은 17년 전 태양, 7년 전 센타우루스자리 알파와 정확하게 일치했어요. 완전히 똑같았지요. 빛이 일어났던 시간도 정확했고요. 천체망원경의 관측 결과니 맞을 거예요."

두 사람은 또다시 긴 침묵에 빠졌다.

솔바람 소리가 요란하게 들려왔다. 이 소리는 산속을 휘돌면서 천지에 가득 울려 퍼졌다. 마치 우주 사이에 있는 어떤 힘이

나지막이 신비로운 합창을 하고 있는 것만 같았다. 그는 자신도 모르게 몸을 떨었다. 그녀도 같은 느낌이 들었는지 이 두려움에서 벗어나기 위해 침묵을 깼다.

"그러나 이 현상, 현존하는 모든 이론을 넘어선 이 기이한 현상을 밝히기 위해 과학계는 더 많이 관측하면서 증거를 찾아야 해요."

"그럴 거예요. 다음으로 관측 가능한 항성은……."

"원래 작은개자리의 고메이사가 관측이 가능했는데 5년 전에 별의 밝기가 측정 불가능한 수준으로 급격하게 약해졌어요. 별 주변에 떠 있는 성간진* 때문일 거예요. 그다음으로 독수리자리의 알타이르가 관측이 가능해요."

"얼마나 멀리 떨어져 있나요?"

"5.1파섹이니까 16.6광년이네요. 17년 전 태양의 빛이 그 항성에 도착한 지 얼마 안 됐어요."

"그렇다면 다시 17년을 기다려야 한다는 말인가요?"

그녀는 천천히 고개를 끄덕였다.

"인생은 참 짧아요."

그녀의 마지막 말이 마음 깊은 곳에 있는 무엇인가를 건드렸

* 우주 공간에 흩어져 있는 작은 입자로 구성된 먼지의 일종

는지 겨울바람에 말라 버린 그의 두 눈이 갑자기 촉촉해졌다.

"그래요, 인생은 짧아요."

"하지만 우리는 적어도 한 번은 더 만날 기회가 있어요."

순간 그는 멀뚱히 그녀를 쳐다봤다. 다시 17년을 떨어져 있어야 한다고 생각하니 막막했다.

"이해해 주세요. 제 마음이 혼란해서 생각할 시간이 필요했어요."

그녀는 바람에 날려 뺨에 닿은 머리카락을 손으로 뗀 후 웃기 시작했다. 사람의 마음을 뒤흔드는 웃음이었다. 그녀는 그의 마음을 꿰뚫어 본 것처럼 말했다.

"제 전화번호와 메일 주소를 알려 줄게요. 괜찮다면 앞으로 자주 연락해요."

그는 길게 안도의 숨을 내쉬었다. 아득한 바다를 항해하던 배가 해안가에 있는 등불을 발견한 것 같이 말로 표현할 수 없는 행복감이 마음속에 가득했다.

"그럼…… 제가 산 아래까지 배웅할게요."

그의 배려에 그녀는 웃는 표정으로 고개를 저으며 뒤에 있는 둥근 지붕의 별장을 가리켰다.

"저는 여기에 잠시 머물 거예요. 걱정하지 마세요. 여기는 전기도 있고 좋은 사람들도 있어요. 또 산속에 상주하는 삼림 감시원도 있고요. 저는 안정이 필요해요. 아주 긴 안정이요."

두 사람은 바로 작별 인사를 하고 헤어졌다. 그는 눈이 쌓인 도로를 따라 산 아래로 내려갔다. 그녀는 사운산 정상에 서서 한참 동안 그를 내려다봤다. 두 사람은 17년의 기다림을 위한 준비를 시작했다.

세 번째 회상

사운산에서 세 번째로 돌아온 후 그는 문득 생명의 끝을 느꼈다. 이제 그녀와 함께 기다릴 수 있는 시간이 몇 번 남지 않았다. 우주의 아득한 시간은 달팽이처럼 천천히 흐르는 데 반해 생명은 먼지처럼 보잘것없었다.

17년의 시간 중 5년 동안 그와 그녀는 전화와 메일로 연락을 주고받기만 할 뿐 한 번도 만나지 않았다. 그녀는 그가 사는 곳에서 멀리 떨어진 도시에 살고 있었다.

이후 두 사람은 각자 인생의 최고봉을 향해 걸어갔다. 그는 유명한 신경정신과 전문의이자 대형 병원의 병원장이 됐고, 그녀는 중국과학원 연구원장으로 일했다. 두 사람 모두 각자 신경 써야 하는 부분이 많아지기도 했지만, 그는 천문학계에서 가장 높은 자리에 있는 그녀가 두 사람을 연결하고 있는 신화 같은 일에 신경을 많이 쓰는 것은 적절하지 않다고 생각했다. 이후 두 사람은 점차 연락이 뜸해졌고, 17년의 반이 지나갈 무렵에는 연락이 완전히 끊겼다.

하지만 그는 두 사람 사이에 끊을 수 없는 고리가 연결되어 있다는 것을 알고 있었다. 그 고리는 바로 아득히 넓은 우주에서 지구를 향해 밤낮 없이 날아오는 알타이르였다. 두 사람은 알타이르가 도착할 때까지 묵묵히 기다렸다.

알타이르

　그와 그녀가 사운산 최고봉에서 만났을 때는 마침 한밤중이었다. 두 사람 모두 상대방을 오래 기다리지 않게 하려고 새벽 3시가 조금 넘은 이른 시간에 산을 올라왔다. 비행차를 타면 쉽게 산 정상에 오를 수 있었지만 그와 그녀는 약속이나 한 듯 차를 산 밑에 주차하고 걸어 올라가면서 과거의 느낌을 회상했다.

　10년 전부터 자연 보호 구역으로 지정된 사운산은 갈수록 황량한 곳이 됐다. 예전의 천문대와 별장은 모두 넝쿨로 가득한 폐허로 변했다. 그와 그녀는 별빛이 비추는 폐허에서 만났다. 그는 얼마 전 텔레비전에서 그녀를 봤기 때문에 세월의 흔적이 묻어 있는 그녀의 모습이 낯설지 않았다. 달도 뜨지 않은 밤, 그가 무엇을 상상하든 자기 앞에 있는 그녀는 여전히 34년 전 달빛 아래 있던 그 젊은 여자였다. 별빛에 반짝이는 그녀의 두 눈에 그의 마음은 예전 그때의 느낌 속으로 녹아들었다.

그녀가 먼저 입을 열었다.

"알타이르에 관해서는 조금 이따 이야기 나눠요. 그래도 되겠죠? 몇 년 전부터 저는 연구 사업 하나를 이끌고 있어요. 항성 간 A형 빛의 전송을 관측하는 거예요."

"저는 당신이 그런 연구에는 관심이 없는 줄 알았어요. 아니면 아예 잊었거나."

"그럴 리가요? 실제 존재하는 건 직시해야지요. 고전적인 상대론과 양자역학이 묘사하는 우주예요. 그 신비함과 기이함은 이미 상상도 못 할 정도죠. 최근 몇 년 동안 관측을 하면서 A형 빛의 전달은 항성 간의 일반적인 현상임을 발견했어요. 순간마다 수많은 항성에서 최초의 A형 빛이 일어나고 있어요. 주변의 항성들은 이 빛을 전달하고 있고요.

그러니 모든 항성은 최초의 빛을 일으킨 존재가 될 수도 있고 다른 항성의 빛을 전달해 주는 역할을 하기도 할 거예요. 모든 성간은 떨어지는 빗방울에 잔잔한 물결이 이는 연못과 같아요. 음…… 어째서 놀라지 않는 거죠?"

"그저 이해가 안 될 뿐이에요. 겨우 항성 네 개의 빛 이동을 관찰하는 데 30여 년이 걸렸어요. 박사님, 어떻게 그런 결론이 가능한지……."

"의사 선생님은 매우 총명한 사람이니 방법을 생각해 낼 수 있을 거예요."

"제 생각에는…… 이런 게 아닐까 싶어요. 거리가 가까운 항성들을 관측하는 거예요. 예를 들어 항성 A와 B는 지구와 1만 광년 떨어져 있지만 두 항성 사이의 거리는 5광년에 불과해요. 그러니 5년이라는 시간만 있으면 그들이 1만 년 전에 한 번 내뿜은 빛의 이동을 관측할 수 있어요."

"정말 똑똑하네요! 은하계 안에는 항성이 수천억 개나 있어요. 그 수에 이르는 항성의 짝을 찾을 수 있을 거예요."

그는 살짝 웃었다. 34년 전과 마찬가지로 그녀가 어둠 속에서 자신의 웃음을 볼 수 있기를 바랐다.

"당신에게 줄 선물을 가져왔어요."

그는 어깨에 메고 있던 여행 가방을 열어 신기하게 생긴 물건을 꺼냈다. 크기는 축구공만 했고 얼핏 보면 대충 엮어 놓은 어망을 닮았다. 하늘에 대어 보니 구멍을 통해 띄엄띄엄 별빛이 보였다. 그가 손전등을 켠 후에야 그녀는 그것이 쌀알 크기의 수많은 작은 공으로 이뤄진 것을 알았다. 이 작은 공들은 보이지 않을 정도로 가는 선으로 서로 연결되어 복잡한 격자 지지대를 형성했다.

그가 손전등을 끄고 지지대 밑에 있는 스위치를 누르자 갑자기 지지대 속에서 빠르게 이동하는 눈부신 광점들이 나타났다. 그 광점들은 마치 빈 유리공 안을 나는 수만 개의 반딧불이 같았다. 그녀는 자세히 관찰하다 한 가지 사실을 발견했다. 작은 공 하나에서 나온 빛이 주변의 다른 공으로 이동하더니, 계속해서 일정 비율의 작은 공들이 빛을 내보내거나 다른 공이 내뿜은 빛을 이동시켰다. 그녀가 조금 전에 빗속의 연못 같다던 모습이 눈앞에 형상화되어 그려졌다.

"항성의 빛 이동 모형이로군요? 아, 정말 아름다워요. 설마…… 이 모든 것을 예견하고 있었어요?"

"저는 항성의 빛 이동이 우주에서 일어나는 보편적인 현상이라고 생각했어요. 이건 물론 직감에 의지한 거예요. 하지만 이건 항성의 빛 이동 모형이 아니에요. 우리 병원에 뇌 과학 연구 프로젝트가 있어요. 3D 위치 측정 기술로 대뇌와 뉴런 사이의 신호 전송을 연구하는 거예요. 이건 대뇌피질의 뉴런 신호 전송 모형으로 아주 작은 일부일 뿐이에요."

그녀는 빛이 아른거리는 모형에 빠져 버렸는지 눈을 떼지 못했다.

"이것이 의식인가요?"

"네, 맞아요. 수많은 0과 1의 조합이 컴퓨터의 연산 능력을 만드는 것과 같아요. 의식도 수많은 단순 연결로 이루어져 있을

뿐이에요. 이 뉴런 사이의 단순 연결이 하나의 거대한 수로 합쳐져서 의식을 만들어요. 다시 말하자면 의식은 엄청나게 많은 연결 지점 간의 신호 전송이에요."

두 사람은 찬란하게 빛나는 대뇌 모형을 조용히 쳐다봤다. 두 사람이 존재하는 우주의 심연에는 은하계의 1,000억 개 항성과 은하계 밖 1,000억 개의 항성계가 떠다녔고, 이 무수한 항성 사이에 수없이 많은 A형 빛이 이동하고 있었다.

그녀가 작은 소리로 속삭였다.

"날이 곧 밝을 거예요. 같이 일출을 기다려요."

두 사람은 무너진 벽에 기대고 앉아 앞에 놓인 대뇌 모형을 함께 바라봤다. 빛나는 야광에 강력한 최면 효과가 있었는지 그녀는 스르륵 잠이 들었다.

최초의 충동

　그녀는 아득한 회색빛 강을 거슬러 날고 있었다. 이것은 시간의 강. 그녀는 지금 시간의 근원으로 날아가는 중이었다. 차가운 돌무더기를 닮은 수많은 별들이 우주를 떠다니고 있었다. 그녀가 빠른 속도로 두 날개를 펄럭이며 수억 년의 시간을 건너가는 순간, 우주가 작아지더니 수많은 별들이 한 곳에 모여들었다.

　우주배경복사가 급격하게 증가했다. 백억 년이 훌쩍 지나며 수많은 별들이 에너지의 바다에서 녹기 시작하는 듯싶더니 금세 자유입자가 되어 흩어졌다. 그리고 그 입자들은 순수 에너지로 변했다.

　빛을 내기 시작한 우주는 처음에는 검붉은색을 띠었다. 그녀는 순간 에너지의 핏빛 바다에서 잠수하는 기분이 들었다. 그런데 잠시 후, 빛이 급격하게 늘어나더니 검붉은색이 주황색으로 변했고, 나중에는 눈이 시린 파란색으로 변했다. 이번에는 거대한 네온관 속을 날아다니는 것 같았다.

물질 입자는 에너지의 바다에 모두 녹아 버렸다. 이 눈부신 공간을 지나니 우주의 경계에 있는 구면이 커다란 손바닥처럼 오므려지는 모습이 보였다. 그녀는 대청마루 크기만큼 줄어든 우주의 한가운데에 떠 있으면서 특이점이 올 때까지 기다렸다. 얼마 후, 드디어 모든 것이 칠흑 같은 어둠 속에 빠졌다. 그녀는 자신이 특이점 속에 있다는 것을 알았다.

차가운 기운이 한바탕 지나가고, 그녀는 광활한 흰색 평원에 서 있었다. 머리 위는 무한히 넓고 검은 허공이었고, 발아래 지면은 순백색에 미끌미끌하고 투명한 액체가 덮여 있었다. 그녀는 선홍빛의 강으로 걸어갔다. 수면에는 투명한 막이 덮여 있어서 붉은 강물이 막 아래로 흐르는 모습이 보였다. 그녀는 대지를 지나 위로 날아오르면서 붉은 강이 멀지 않은 곳에서 여러 갈래로 나뉘는 것과 나뭇가지 모양으로 복잡하게 얽혀 있는 광경을 봤다. 다시 더 올라가니 붉은 강은 하얀 대지 위를 실처럼 가늘게 가로지르며 흐르고 있었다.

대지는 여전히 끝이 보이지 않았다. 앞을 향해 날아가는 그녀의 눈앞에 검은 바다가 나타났다. 잠시 후, 그녀는 바다 상공에 이르러서야 바다가 검지 않다는 사실을 알았다. 검은색처럼 보였던 이유는 그만큼 깊고 투명하기 때문이었다. 투명한 바닷속 광활한 해저에 펼쳐진 산맥이 선명하게 모습을 드러내고 있었다. 수정 모양의 산맥은 바다 중심에서 해안까지 방사형을 이루고 있었다.

그녀는 있는 힘껏 올라갔다. 얼마나 시간이 지났을까. 그녀는 다시 아래를 내려다봤다. 그 순간 우주 전체가 그녀의 눈에 모두 들어왔다. 우주는 그녀의 커다란 눈을 조용히 바라만 보고 있었다.

그녀는 두 눈을 번쩍 떴다. 땀방울인지 이슬인지 모르지만 이마가 젖어 있었다. 옆에 있던 그는 잠을 자지 않고 조용히 그녀를 바라보고 있었다. 풀밭에 놓여 있던 대뇌 모형은 건전지가 다 됐는지 모형 안을 지나다니던 빛이 꺼져 있었다.

두 사람 머리 위에 펼쳐진 밤하늘은 여전히 그대로였다.

"'그'는 무엇을 생각하고 있을까요?"

그녀가 갑자기 물었다.

"지금요?"

"34년 동안요."

"태양에서 시작된 빛은 최초 뉴런의 충동에 불과했을 지도 몰라요. 이러한 충동은 언제나 일어나고 있지요. 모기의 날갯짓이 연못에 일으키는 물결처럼 눈 깜짝할 새에 사라지기도 하고요.

전 우주로 퍼지는 충동만이 온전한 느낌이 될 수 있어요.”

“우리는 일생의 시간을 모두 써 버렸어요. 한 번의 깜빡임, ‘그’ 자신도 느껴 보지 못한 순간적인 충동을 본 것에 불과한 걸까요?”

그녀는 아직도 꿈속에 있는 사람처럼 멍하니 말했다.

“모든 인류 문명의 수명을 다 써도 ‘그’의 완벽한 느낌을 볼 수 없을 지도 몰라요.”

“인생은 짧군요.”

“그래요, 인생은 짧아요…….”

“진정한 의미에서의 고독한 사람이에요.”

그녀는 갑자기 뜬금없는 소리를 했다.

“무슨 말이죠?”

그는 아리송한 눈빛으로 그녀를 바라봤다.

“하하, ‘그’의 밖은 모두 허무예요. ‘그’는 모든 것이에요. 아직 생각하고 있고, 아마도 아직 꿈을 꾸고 있나 봐요. 꿈에서 뭘 봤더라…….”

“우리 철학자가 될 생각은 그만둬요.”

그는 무엇을 쫓아내려는 듯 손사래를 쳤다.

그녀는 무엇인가 생각이 났는지 몸을 바로 일으키며 말했다.

“현대 우주학의 우주팽창설에 따르면 팽창하는 우주의 한 곳에서 출발한 빛은 영원히 우주 전체에 퍼질 수 없다고 해요."

"그 말은, '그'는 영원히 온전한 느낌을 느끼지 못할지도 모른다는 말이군요."

그녀는 멀리 펼쳐진 곳을 응시하면서 한참 동안 아무 말도 하지 않다가 갑자기 그에게 물었다.

"우리는 느꼈을까요?"

그녀의 질문에 그는 옛 추억 속으로 빠져들었다. 바로 그때 사운산 숲속에서 닭 울음소리가 들렸고 동쪽 하늘가에선 한 줄기 아침 햇살이 비췄다.

"저는 느꼈어요."

그는 자신 있게 대답했다. 그는 느꼈다. 34년 전, 산 정상을 비추는 고요한 달빛 속에서 깃털 같이 사뿐사뿐 나타나 하늘의 별을 바라보던 젊은 시절 그녀의 눈빛……. 그 순간 그의 대뇌에서 빛이 번쩍하더니 곧바로 마음의 우주를 빙 돌았다. 이후 많은 세월이 흘렀지만 단 한 번도 그 빛은 사라진 적이 없었다. 이 과정은 웅장하고 아름다웠다. 대뇌에 속한 우주는 이미 팽창한 지 150억 년 된 찬란한 외우주보다 더 웅대했다. 비록 외우주는 광활하지만 유한하다고 증명됐지 않은가. 그러나 생각은 무한하다.

동쪽 하늘이 밝아 오면서 별들이 하나둘씩 자취를 감추기 시작했고 사운산의 모습이 서서히 드러났다. 높고 높은 최고봉, 넝쿨이 덮어 버린 천문대 폐허 속에서 곧 있으면 환갑을 맞는 두 사람은 설레는 마음으로 동쪽 하늘을 바라보고 있었다. 찬란한 빛의 뇌세포가 지평선 위로 올라오기를 기다리면서.

메시지

신은 주사위 놀이를 하지 않는다

❖

노인은 어제야 비로소 아래에 있는 관객을 발견했다. 요 며칠 그는 컨디션이 좋지 못해 바이올린을 켜는 것 외에 아무 것도 하지 않았다. 심지어 창밖도 거의 보지 않았다. 그는 음악과 커튼으로 자신을 외부 세계와 격리시키고 싶었지만 그것이 쉽지는 않았다.

대서양을 가로지르고 있었을 때, 작고 좁은 다락방에서 유모차를 흔들고 있었을 때, 특허청의 왁자지껄한 사무실에서 무미건조한 특허출원을 하고 있었을 때, 그는 또 다른 세계에 푹 빠졌었다. 그 아름다운 세계에서 그는 빛의 속도로 뛰어다녔다. 그러나 지금 이곳 프린스턴은 고요한 소도시다. 젊은 시절의 자유분방하던 시간은 사라지고 지금은 외부 세계가 시시때때로 그를 괴롭히고 있었다.

그는 두 가지 일로 불안했다. 첫 번째 일은 막스 플랑크에게서 시작되어 현재 수많은 젊은 물리학자들이 열광하고 있는 양자역학이다. 그는 이 이론의 불확실성이 탐탁지 않았다.

'신은 주사위 놀이를 하지 않는다.'

그는 요즘 들어 이 말을 자주 중얼거렸다. 하지만 남은 인생 동안 힘을 쏟으리라 생각한 통일장이론은 큰 진전을 이루지 못했다. 그가 세운 이론은 수학만 있을 뿐 물리학의 내용은 부족했다.

그가 불안해하는 두 번째 일은 원자폭탄이다. 히로시마와 나가사키에서 일어난 그 일은 이미 오랜 시간이 흘렀고 전쟁도 끝난 지 한참이 지났다. 그러나 잠시 아물었던 상처가 다시 터져버렸다. 아주 작고 단순한 공식이며 질량과 에너지의 관계를 설명한 것에 불과했지만, 그것은 인류에 큰 문제를 가져다 줄 수도 있었다. 사실 엔리코 페르미가 원자로를 세우기 전까지는 그 역시도 인류가 원자 차원에서 질량을 에너지로 전환할 수 있다는 것은 기상천외한 발상이라고 생각했다.

그의 비서인 헬렌 듀카스가 여러 말들로 그를 위로해 주었지만, 비서는 한 가지 모르는 사실이 있었다. 사실 노인은 자신의 업적이나 과실, 명예나 치욕에 얽매어 있는 것이 아니라 그 보다 더 심각한 걱정과 근심에 빠져 있었다.

최근 그는 꿈속에서 무서운 소리를 자주 들었다. 홍수 같기도 하고 화산 같기도 한 이 소리 때문에 잠에서 깨는 것이 한두 번이 아니었다. 얼마 전, 잠에서 깨 주변을 둘러보니 그 소리는 현관에 있던 강아지가 낑낑 대는 소리였다. 이후 그를 괴롭히던 소리가 다시는 꿈에 나타나지 않았다.

그 후, 그는 꿈속에서 황량한 들을 봤다. 저녁 해가 비치는 들 위로 눈이 살짝 쌓여 있었다. 그는 이 황량한 들로 뛰쳐나가고 싶었지만 그러기에는 끝도 보이지 않을 만큼 광활했다. 그때서야 그는 세상이 눈으로 덮인 황량한 들임을 알았다.

그는 꿈속에서 바다도 봤다. 저녁 해에 붉은빛으로 물든 바다였다. 그는 다시 놀라며 꿈에서 깼다. 썰물에 드러나는 검은 암초처럼 어떤 문제가 갑자기 그의 머릿속에 떠올랐다. 인류에게 미래가 있을까? 이 문제는 뜨겁게 타오르는 불처럼 그를 휘감고 있었다.

아래에 있는 젊은 청년은 최근에 유행하는 나일론 재킷을 입고 있었다. 얼핏 보니 그는 노인의 음악을 듣고 있었다. 이후 사흘 동안 그 청년은 노인이 바이올린을 켤 때쯤이면 노인의 집 근처로 왔다. 그는 프린스턴을 서서히 집어삼키는 저녁노을 아래에 조용히 서 있다가 밤 9시 쯤, 노인이 바이올린을 내려놓고 휴식을 취할 때 천천히 자리를 떠났다.

이 청년은 아마도 프린스턴대학 학생으로 노인의 수업이나 강연을 들었을 것이다. 노인은 주부에서 국왕까지 이르는 수많은 추종자들에게 이미 신물이 나 있었다. 그런데 자기 음악을 알아주는 아래에 있는 낯선 청년에게는 이상하게 위로가 느껴졌다.

사흘 째 되는 날 저녁, 노인이 연주하는 바이올린 소리가 울려 퍼질 때쯤 비가 내리기 시작했다. 창밖을 보니 청년은 이곳에서 유일하게 비를 피할 수 있는 곳인 오동나무 아래에 서 있었다. 잠시 후, 빗줄기가 점점 더 거세졌다. 가을이라 잎이 많이 떨어져서 나무로는 비를 피할 수가 없었다.

노인은 그가 일찍 돌아가도록 오늘은 바이올린 연주를 여기까지만 할까도 생각했다. 하지만 청년은 아직 음악이 끝나는 시간이 아니라는 것을 알고 있었는지 연주를 멈춰도 미동도 하지 않고 그곳에 서 있었다. 비에 흠뻑 젖은 그의 재킷이 가로등 불빛에 반짝였다. 노인은 바이올린을 내려놓고 불편한 다리로 계단을 내려와 안개 속에 서 있는 청년에게로 다가갔다.

"내 연주가 듣고 싶으면 위층으로 올라오게."

청년이 대답도 하기 전에 노인은 바로 몸을 돌려 집 안으로 들어갔다. 청년은 멍하니 서서 빗속의 야경을 바라봤다. 그는 방금 일어난 일이 꿈만 같았다. 잠시 후, 그는 위층에서 울리는 음악 소리에 홀린 듯 천천히 집 안으로 들어가 계단을 올랐다. 노인이 있는 방은 문이 반쯤 열려 있었다.

비가 내리는 밤, 노인은 고개도 돌리지 않고 바이올린을 켜는데 열중하고 있었지만 청년이 방 안으로 들어온 것을 알고 있었다.

노인은 자신의 바이올린 연주를 좋아해 주는 청년에게 미안한 마음이 들었다. 사실 그의 바이올린 실력은 그리 뛰어난 편이 아니었다. 특히나 오늘 연주하는 모차르트의 피아노 소나타 16번 제3 악장은 그가 가장 좋아하는 곡임에도 항상 음을 맞추지 못하고 틀리기 일쑤였다. 때로는 한두 마디를 잊어 버려서 대강 기억나는 대로 즉흥 연주를 이어가기도 했다. 어디 그뿐인가. 저렴한 가격에 산 바이올린은 쓴 지가 너무 오래되어 음이 제대로 맞지 않았다. 그런데도 청년은 조용히 노인의 연주를 듣고 있었다. 두 사람은 완벽하진 않지만 상상력이 충만한 바이올린 연주에 금세 빠져들었다.

지금은 20세기 중엽 어느 밤, 철의장막*은 이미 사라졌지만 핵의 어두운 그늘 때문에 인류의 미래는 가을비 내리는 오늘 밤처럼 암담하기만 했다. 비가 내리는 이 밤, 노인이 연주하는 모

---

* 제2 차 세계 대전 후 소련 진영에 속하는 국가들의 폐쇄성을 풍자한 표현

차르트의 음악이 프린스턴의 작은 창문 사이로 퍼져 나갔다.

시간이 평상시보다 더 빠르게 흘러간 것만 같았다. 노인은 바이올린을 내려놓은 후 청년이 생각나 고개를 돌렸다. 청년은 노인에게 정중하게 인사를 하고 문으로 걸어갔다.

"내일도 와서 듣게."

청년은 발걸음을 멈췄지만 몸을 돌리지 않고 대답했다.

"그러겠습니다, 교수님. 하지만 내일은 손님이 오시잖아요."

그는 문을 열었다 무엇인가가 생각났는지 다시 말을 이었다.

"아, 손님은 8시 10분에 갈 거예요. 그 후에도 바이올린 연주를 하시나요?"

노인은 청년의 말에 담긴 의미를 깊이 생각하지 않았는지 그저 고개만 끄덕였다.

"그럼 내일 다시 오겠습니다. 고맙습니다."

이튿날에도 비는 멈추지 않았다. 저녁이 되자 정말 손님이 찾아왔다. 그는 이스라엘 대사였다.

노인은 멀지만 자기 민족에게 생긴 새로운 국가를 축복하며, 친필 원고를 팔아 번 돈으로 지원을 해 왔다. 대사가 그런 그에게 이스라엘 대통령의 자리를 맡아 달라는 난처한 부탁을 했다.

노인은 단호하게 거절했다. 잠시 후, 노인은 빗속에서 대사를 배웅했다. 대사는 차에 타기에 앞서 회중시계를 꺼냈다. 가로

등 아래에 있던 노인도 그를 따라 시계를 봤다. 시계 바늘이 정확히 8시 10분을 가리키고 있었다. 그 순간, 노인은 무엇인가가 떠올랐다.

"대사님, 오늘 저를 방문하는 일정을 아는 사람이 있습니까?"

"걱정 마십시오, 교수님. 이번 방문은 비밀이라 아무도 모릅니다."

하지만 그 청년은 알고 있는 것이 분명했다. 그는 노인이 대사에게 이상한 질문을 하리라는 것도 알고 있었을지 모른다.

"그렇다면 대사님은 원래부터 8시 10분에 떠날 계획이었습니까?"

"음…… 아닙니다. 저는 교수님과 오랫동안 이야기를 나누고 싶었습니다. 그런데 교수님께서 저희의 제안을 거절하셔서 더 이상 교수님을 귀찮게 해 드릴 수 없었습니다. 저희는 충분히 교수님을 이해합니다."

노인은 당혹스러운 마음을 안고 천천히 위층으로 올라갔다. 방에 들어와 다시 바이올린을 켜니 언제 그랬냐는 듯이 조금 전의 당혹함이 사라졌다. 잠시 후, 바이올린 소리가 울리기 시작하자 청년이 나타났다.

밤 10시가 되어 두 사람의 음악회는 끝이 났다. 노인은 자리를 떠나려는 청년에게 어제와 같은 말을 했다.

"내일도 와서 듣게."

이 말을 하고 노인은 다시 말을 이었다.

"자네가 위층으로 올라와 들으니 좋네."

"아닙니다. 내일은 아래에서 듣겠습니다."

"날씨가 흐린 걸 보니 내일도 비가 올 거야."

"네, 내일도 비가 내릴 거예요. 하지만 교수님께서 바이올린 연주를 하실 때는 내리지 않아요. 그다음 날은 또 하루 종일 비가 내릴 거예요. 교수님께서 바이올린을 켜실 때도요. 그때 다시 올라와서 듣겠습니다. 비는 모레 오전 11시나 되어서야 멈출 거예요."

노인은 재미있는 유머라고 생각하며 웃었다. 밖으로 나가는 청년의 뒷모습을 보던 노인은 문득 유머가 아닐 수 있다는 예감이 들었다.

에너지 바이올린

노인의 예감은 틀리지 않았다. 청년이 예언한 날씨가 그대로 딱딱 들어맞았다. 이튿날 저녁에는 비가 내리지 않아 청년은 아래에서 바이올린 연주를 들었다. 그다음 날은 비가 내려서 청년은 위층으로 올라왔다. 프린스턴에 내리던 비는 정확히 사흘 째 되는 날 오전 11시에 멈췄다.

비가 그친 후 날이 맑던 그날 저녁, 청년은 바이올린 하나를 들고 노인의 방으로 들어왔다. 그는 아무 말도 하지 않고 가지고 온 바이올린을 두 손으로 건넸다.

"아니네, 나는 다른 바이올린은 쓰지 않네."

노인은 손사래를 쳤다. 그동안 많은 사람이 노인에게 바이올린을 선물했다. 그 선물 중에는 유명한 이탈리아 장인이 만든 바이올린도 있었지만 그는 받지 않았다. 자기 실력에는 과분한 선물이라고 생각했기 때문이다.

"빌려드리겠습니다. 때가 되면 제게 돌려주세요. 빌려드릴 수밖에 없어서 죄송합니다, 교수님."

노인은 바이올린을 받아 들었다. 겉으로 보기에는 평범한 바이올린이었지만 줄이 없었다. 다시 자세히 보니 거미줄만큼 가느다란 줄이었다. 훅 하고 바람을 불면 끊어지는 거미줄처럼 바이올린의 줄이 쉽게 끊어질까 봐 노인은 연주를 할 수가 없었다.

청년은 노인을 바라보며 웃는 얼굴로 고개를 끄덕였다. 노인은 손가락을 가볍게 줄 위에다 대고 힘을 주었다. 줄은 끊어지지 않았다. 줄로부터 다른 바이올린에서는 느낄 수 없는 강력한 힘이 손가락으로 전해졌다. 노인은 활을 줄에 대고 쓱 하고 한 번 움직였다. 그 순간 노인은 천상의 소리가 무엇인지 깨달았다.

그것은 태양의 소리이자 소리의 태양이었다.

노인은 자신이 가장 좋아하는 모차르트의 곡을 연주하자마자 곧바로 끝도 없는 우주로 빠져들었다. 그는 우주를 떠다니는 광파를 봤다. 그 광파는 새벽바람에 움직이는 옅은 안개처럼 느리게 이동하고 있었다. 무한하고 광활한 시공의 얇은 막이 인력의 거대한 파도 속에서 부드럽게 울렁이고 있었고, 막 위의 무수히 많은 항성이 영롱한 아침 이슬처럼 떠 있었다. 에너지의 바람이

힘차게 지나가자 시공의 막에 꿈과 같은 무지개가 떴다.

노인은 신비한 연주에서 깨어나 주변을 둘러봤다. 청년은 언제 갔는지 보이지 않았다.

청년이 준 바이올린에 빠져 버린 노인은 매일 늦은 밤까지 연주했다. 비서와 의사는 그에게 건강에 유의해야 한다고 강조했다. 그러나 바이올린 소리가 울릴 때마다 이제까지 느껴 보지 못했던 생명력이 노인의 혈관에서 용솟음치고 있는 것을 그들도 잘 알고 있었다.

그 후, 청년은 더 이상 오지 않았다.

그렇게 십여 일이 지난 어느 날, 노인은 갑자기 청년이 준 바이올린으로 연주하는 횟수를 줄이고 가끔씩 오래된 바이올린으로 연주했다. 너무 자주 연주하면 거미줄처럼 가는 줄이 끊어질까 봐 걱정됐기 때문이다.

그러나 청년이 준 바이올린의 마력은 아무리 발버둥 쳐도 거부할 수 없었다. 특히 청년이 되돌려줘야 한다고 했던 말이 생각날 때면, 노인은 처음 바이올린을 받았던 날과 마찬가지로 밤새 바이올린을 연주했다. 그는 매일 늦은 밤까지 아쉬운 마음에 연주를 멈추지 못했다.

그러던 어느 날, 노인은 비서에게 돋보기를 가져다 달라고 부탁했다. 침침한 눈으로는 바이올린 줄을 자세히 볼 수 없었기 때문이다. 바이올린 줄에 돋보기를 갖다 대고 여기저기 살펴봤지만 마모된 흔적은 전혀 없었다. 오히려 줄 표면에서 보석처럼 영롱한 빛이 났다. 어둠 속에서 보면 푸른 형광으로 빛날 것만 같았다.

그렇게 다시 십여 일이 지나갔다.

어느 늦은 밤, 노인은 잠이 들기 전 여느 때와 마찬가지로 바이올린의 줄을 살펴보다 이상한 현상을 발견했다. 다시 돋보기를 들고 자세히 보고는 자신의 판단이 맞았다고 확신했다. 사실 이 현상은 며칠 전부터 일어났지만 이제야 관찰이 가능할 정도로 명확해졌다.

바이올린 줄은 켜면 켤수록 굵어졌다.

이튿날 저녁, 노인이 바이올린에 활을 대는 순간 청년이 나타났다.

"바이올린을 가지러 왔는가?"

노인은 불안한 마음에 물었다. 그러자 청년은 고개를 끄덕였다.

"아…… 이 바이올린을 나에게 줄 수 있다면……."

"안 됩니다. 정말 죄송합니다, 교수님. 그건 어렵습니다. 저는 이곳에 어떤 것도 남길 수가 없습니다."

깊은 생각에 잠긴 노인은 어떤 상황인지 대강 짐작했다. 그는 두 손으로 바이올린을 받쳐 들고는 청년에게 물었다.

"그렇다면 이 바이올린은 이 세상 것이 아니라는 건가?"

청년은 고개를 끄덕이고 창가로 다가갔다. 창밖에는 은하가 아득한 우주를 수놓고 있었고 수많은 별들이 찬란한 빛에 반짝이고 있었다. 이 아름답고 웅장한 배경을 등지고 선 청년의 몸에서 검은 실루엣이 드러났다.

노인은 그제야 깨달았다. 청년의 신비한 예측 능력은 사실 대단한 것이 아니었다. 엄밀하게 말하면 그것은 예측이 아닌 기억이었다.

"저는 미래에서 온 사자입니다. 우리 시대 사람들은 교수님이 걱정하는 모습을 보고 싶지 않아 합니다. 그래서 제가 걱정을 덜어 드릴 것을 가지고 왔습니다."

"그렇다면 나에게 가져온 것이 무엇인가. 이 바이올린인가?"

노인은 전혀 놀라는 기색을 보이지 않았다. 그에게는 우주 전체가 하나의 커다란 경이로움이었기 때문에 다른 사람들을 넘어설 수 있었고, 우주의 가장 깊은 비밀을 몰래 훔쳐볼 수 있었다.

"아닙니다. 이 바이올린은 증거일 뿐입니다. 제가 미래에서 온 사람이라는 것을 증명해 주는 증거지요."

"어떻게 증명하는가?"

"교수님이 사는 시대의 사람들은 질량을 에너지로 전환할 수 있습니다. 원자폭탄과 곧이어 나타날 수소폭탄이 그 예입니다. 그러나 저희가 사는 시대에는 에너지를 질량으로 전환할 수도 있습니다. 자, 보십시오."

청년은 바이올린의 줄을 가리키며 말을 이었다.

"줄이 굵어지고 있습니다. 증가한 질량은 교수님께서 바이올린 연주를 할 때 생긴 음파 에너지가 전환된 것입니다."

노인은 당혹스러운 마음에 고개를 저었다.

"이는 두 가지 측면에서 내 이론에 위배되오. 우선, 사람은 시간을 거슬러 가지 못하오. 둘째, 내 공식대로라면 이미 늘어난 질량을 더 증가시키려면 아주 많은 에너지가 필요하오."

노인은 잠시 침묵을 지키더니 이내 너그러운 웃음을 지었다.

"아, 이론은 본래 중립적이오."

노인은 살짝 탄식하고는 말을 이었다.

"생명의 나무도 중립적이지. 좋소, 젊은이. 나에게 들려줄 정보가 무엇이오?"

"두 가지 정보가 있습니다."

"첫 번째 정보는?"

"인류에게는 미래가 있습니다."

노인은 마음이 놓였는지 안락의자에 몸을 기댔다. 인생의 마지막 숙원을 이룬 사람처럼 온몸에 편안함이 느껴졌다.

"젊은이, 자네 덕분에 알게 됐네."

"일본에 쏜 두 원자폭탄은 인류가 실전에서 사용한 마지막 원자폭탄입니다. 1990년대 말, 수많은 나라들이 포괄적 핵 실험 금지 조약에 서명했습니다. 그 후 50년이 지나 인류는 마지막 원자폭탄을 폐기했습니다. 저는 그로부터 200년 후에 태어났습니다."

청년은 돌려받은 바이올린을 들어 올렸다.

"저는 이만 돌아가겠습니다. 교수님의 연주를 듣다 보니 시간이 많이 지체됐습니다. 저는 남은 세 개의 시대로 돌아가서 다섯 사람을 만나야 합니다. 그중 한 사람은 통일장이론의 창시자입니다. 교수님 시대에서 100년이 지난 일입니다."

사실 청년이 언급하지 않은 것이 하나 더 있었다. 그는 모든 시대를 다니며 곧 세상을 떠날 위인들을 만나러 다녔다. 그래야 미래에 미치는 영향을 최소화할 수 있기 때문이었다.

"두 번째 정보는 무엇이오?"

방문을 열던 청년은 노인을 바라보며 미소를 지었다. 어딘가에 미안함이 묻어 있었다.

"교수님, 신은 주사위 놀이를 하지 않습니다."

노인은 창문을 통해 청년이 내려가는 모습을 바라봤다. 이미 밤이 깊어 거리에는 아무도 없었다. 청년은 자신도 이 시대의 것을 가져가지 않으려고 그러는지 입고 있던 재킷을 벗어 버렸다. 꼭 낀 내복 같은 그의 옷이 밤하늘에 밝은 빛을 냈다. 그가 사는 시대의 옷이 틀림없었다. 그는 노인이 상상한 것처럼 하얀 빛을 내며 떠나지는 않았다. 대신 그는 사선을 따라 하늘 위로 올라갔다.

그는 별이 반짝이는 밤하늘에서 순식간에 사라졌다. 그의 상승 속도는 가속 없이 일정했다. 그는 우주를 향해 날아간 것이 아니라 지구 주변을 돌고 있는 것이 분명했다. 그는 움직이지 않고 정지해 있었다. 적어도 이 시공 속에서는 멈춰 있었다.

노인의 추측이 맞는다면 청년은 시공과 관련된 절대 좌표의 원점에 머물고 있었을 것이다. 청년은 시간이라는 길고 긴 강가에 서서 빠르게 흘러가는 시간을 바라보다, 원하는 곳이 나타나면 그곳이 상류든 하류든 어디라도 뛰어들 수 있었다.

침묵 속에 빠져 있던 아인슈타인은 천천히 돌아서서 낡은 바이올린을 들었다.

마지막 비밀

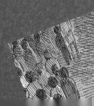

아인슈타인 적도

"전부터 하고 싶었던 말이 있어요."

딩의는 아내와 딸을 바라보며 말을 이었다.

"내 마음속엔 온통 물리학뿐이에요. 그런 내 마음에 가족을 위한 자리를 만들려고 얼마나 안간힘을 쓰고 있는지 모를 거예요. 마음이 너무 아프지만 어쩔 수 없어요."

"여보, 당신 그 말 200번도 넘게 했어요."

아내 팡린의 말에 올해 10살이 된 딸 원원도 거들었다.

"저한테는 100번이나 말했어요."

딩의는 고개를 저었다.

"하지만 내 말이 지닌 진짜 의미는 늘 이해하지 못하고 있어요. 물리학이 무엇인지 전혀 모르잖아요."

팡린이 웃는 표정으로 말했다.

"마음을 차지한 게 다른 여자만 아니면 돼요."

세 사람은 시속 500킬로미터에 달하는 소형차에 몸을 싣고 직경 5미터인 파이프 속을 달리고 있었다. 이 파이프는 길이가 약 3만 킬로미터로 북위 45도에서 지구의 둘레를 돌고 있었다.

소형차는 자동으로 운전 중이었다. 투명한 차창 속에는 어떠한 주행 설비도 없었다. 차 안에서 보면 파이프는 붓처럼 곧게 뻗어 있었다. 세 식구가 탄 소형차는 끝없이 긴 총에서 발사된 총알 같았다. 저 멀리 바늘구멍 만하게 보이는 구멍은 무한히 먼 곳에서 있는 것 같았다. 주변의 파이프 벽이 급류처럼 빠르게 스쳐 지나가지 않았다면 차가 움직이고 있다는 사실조차 느끼지 못했을 것이다.

소형차가 잠시 멈춰 서서 시동을 걸거나 주차할 때면 파이프 벽에 설치된 수많은 기기와 띠들이 보였다. 차가 속력을 내면 양 옆에 있는 기기와 띠들도 빠르게 스쳐 지나가기 때문에 구분이 힘들었다. 딩의는 가족에게 여기에 보이는 띠는 강한 자기장을 만드는 코일이고, 파이프 가운데에 걸려 있는 기기는 입자 도로라고 알려 줬다.

세 사람은 인류가 현재까지 세운 것 중 가장 큰 시설인 입자 가속기를 타고 있었다. 지구의 둘레를 한 바퀴 도는 이 가속기의 이름은 '아인슈타인 적도'다. 물리학자들은 이 가속기로 자신들의 마지막 꿈인 우주의 대통일이론을 실현하고자 했다.

소형차는 본래 엔지니어가 입자가속기를 수리하는 데 사용하는 차다. 그러나 오늘은 딩의가 가족을 태우고 지구 여행을 하고 있었다. 아내와 딸이 졸라서 성사된 여행이지만 사실 딩의는 이 길을 돌며 여행하게 될 줄은 꿈에도 몰랐다.

지구를 한 바퀴 도는 데에는 총 60시간이 걸렸다. 세계 일주를 하는 동안 셋은 붓처럼 곧은 파이프 외에는 아무 것도 보지 못했다. 그러나 팡린과 원원은 만족한다며 즐거워했다. 적어도 이틀 동안은 가족이 함께 소중한 시간을 보낼 수 있었기 때문이다.

여행은 생각보다 따분하지 않았다. 딩의가 차 밖으로 빠르게 지나가는 파이프 벽을 가리키며 원원에게 말했다.

"우리는 지금 몽골을 지나고 있어. 몽골이 보이니? 양 떼도 있구나……. 우리는 태평양 아래에 있어. 정말 어두워서 아무 것도 보이지 않네. 아, 아니군. 저쪽은 빛이 있어서 검붉은색이 잘 보이네. 저건 바다에 있는 화산이야. 솟아오른 용암이 물을 만나며 바로 냉각된 건데 검붉은 빛이 반짝이고 있어. 해저 평원에 컨 횃불 같이 보이는구나. 원원아, 대륙은 바로 여기서 생겨났단다."

잠시 후, 세 사람은 파이프를 타고 미국을 지나 대서양을 건넜다. 프랑스 해안에서 유럽으로 올라가 이탈리아와 발칸반도를 지났고 나아가 러시아로 들어갔다. 카스피해에서 아시아로 돌아간 다음 카자흐스탄에서 중국으로 향했다. 세 사람은 마지막 여행지를 끝내고 출발지인 타클라마칸사막에 위치한 세계 입자 물리 센터로 돌아왔다. 이곳은 세계 가속기 통제 센터이기도 했다.

늦은 밤, 딩의 가족은 통제 센터 빌딩에서 나왔다. 사막은 쏟아질 듯이 많은 별 아래에 끝도 없이 펼쳐져 있었다. 세계는 단순하면서도 심오했다.

"자, 우리 세 기본 입자는 아인슈타인 적도에서 1차 가속 시험을 완료했어요!"

딩의는 흥분한 목소리로 팡린과 원원에게 말했다.

"아빠, 진짜 입자가 이 큰 파이프를 한 바퀴 돌려면 얼마나 걸려요?"

원원은 그들 뒤에 있는 가속기 파이프를 가리키며 물었다. 그 파이프는 통제 센터 양쪽에서 동과 서 두 방향으로 연결되어 있었으나 어두운 밤이라 잘 보이지 않았다.

"내일 가속기가 최대 에너지로 첫 운행을 시작할 거야. 운행하는 입자들은 핵폭탄 에너지와 맞먹는 추진력을 받을 거란다. 아마 광속에 가까운 속도까지 올라갈 거야. 우리가 이틀 넘게 한 지구 여행을 입자들은 0.1초 만에 할 수 있어."

딩의의 대답에 팡린은 핀잔을 줬다.

"여보, 당신이 한 약속을 다 지켰다고 생각하면 오산이에요. 이번 지구 여행은 여행이 아니라고요!"

원원도 고개를 끄덕이며 말했다.

"맞아요! 아빠, 다음에는 파이프 밖에서 한 바퀴 돌아요. 그래야 못 봤던 곳들을 볼 수 있죠. 그게 진정한 지구 여행이에요."

딩의가 의미심장한 표정으로 말했다.

"그럴 필요는 없단다. 상상력의 눈으로 봤다면 이번 여행으로도 충분해. 너는 파이프 안에서 보고 싶은 것을 모두 봤어. 아니, 그것보다 더 많이 봤단다. 얘야, 푸른 바다, 붉은 꽃, 녹색 숲만 아름다운 것은 아니야. 진정으로 아름다운 것은 눈으로 볼 수 없단다. 그런 건 오직 상상으로만 볼 수 있어. 바다, 꽃, 숲과 달리 그것은 색깔도 모양도 없어. 그저 너만의 상상력과 수학으로 우주 전체를 손 안에 놓고 잘 빚어야 해. 그래야 진정으로 사랑스러운 무언가가 나타난단다. 그때는 이 아름다움을 볼 수 있을 거야."

딩의는 아내와 딸을 집까지 배웅해 주고 다시 통제 센터로 돌아왔다. 센터에는 당직을 맡은 몇몇 연구원이 자리를 지키고 있었다. 가속기를 만든 후 긴장된 분위기 속에서 2년 동안 이어간 성능 시험을 끝내고 처음으로 맞는 여유였다.

옥상으로 올라간 딩의는 높은 곳에 위치한 노천 마루에 서서 아래에 있는 가속기 파이프를 천천히 둘러봤다. 파이프는 세상을 둘로 나눈 직선 같았다. 아이들의 눈동자를 닮은 밤하늘의 별들이 아래에 있는 파이프를 바라보고 있었다.

사무실로 돌아온 딩의는 소파에 눕자마자 이론물리학자의 꿈나라로 들어갔다.

그가 타고 있는 소형차는 아인슈타인 적도의 출발점에 멈춰 있었다. 차에 시동을 걸자 순식간에 속도가 올라가며 강력한 추진력이 몸으로 전해졌다. 딩의는 지구를 한 바퀴 돌고 또 한 바퀴 돌았다. 속도가 광속에 가까워지자 급격하게 증가한 질량으로 몸이 금속 조각상처럼 굳어 버렸다. 그는 자신의 몸에 세상을 창조할 수 있는 엄청난 에너지가 들어 있다고 느꼈다. 그 순간 신이 된 것 같은 쾌감이 들었다.

소형차는 마지막으로 한 바퀴를 더 돌다 갑자기 갈림길로 끌려가더니 이상한 곳으로 빠졌다. 그곳은 허무의 땅이었다. 순간 처음 보는 색이 딩의의 눈에 들어왔다. 허무는 검은색도 흰색도 아닌 무채색이었지만 그렇다고 투명하지도 않았다. 이곳의 시간과 공간에는 그가 창조해 주길 기다리는 무엇인가가 있었다.

앞에 있는 작은 흑점이 그의 눈에 들어왔다. 급격하게 커지는 흑점을 자세히 보니 또 다른 소형차였다. 그 안에는 또 다른 딩의가 타고 있었다. 두 딩의는 광속으로 충돌하더니 흔적도 없이 사라지고 끝없는 허공에 무한히 작은 특이점만 남았다. 만물의 씨앗인 특이점이 폭발하며 나뉘자 에너지의 불덩어리가 미친 듯이 팽창했다. 우주 전체를 가득 메운 붉은빛이 서서히 약해질 때쯤 냉각된 에너지의 하늘에서 물질이 눈꽃처럼 나타났다. 처음에는 희박한 성운이더니 금세 항성계와 은하군을 이뤘다.

새로 생긴 우주에서 딩의는 양자화 된 자아가 생겼다. 그는 순식간에 우주의 한쪽 끝에서 반대쪽 끝으로 뛰어갈 수 있었다. 정확히 말하자면 뛰는 것이 아니었다. 그는 양 끝에서 동시에 존재하고 있으면서 광활한 우주의 한 점에도 존재했다. 그의 자아는 끝없는 안개처럼 우주 전체에 자욱하게 퍼져 있었다. 항성 알갱이로 구성된 은색 사막이 그의 몸 안에서 타고 있었다. 그는 어디에나 존재하면서 어디에도 없었다. 그는 자신의 존재가 확률적인 환영일 뿐이라는 것을 알고 있었다.

여러 형태로 겹쳐진 딩의는 유령처럼 갈망에 찬 눈빛으로 우주를 둘러봤다. 자신을 실체로 만들어 줄 눈을 찾다가 때마침 새롭게 나타난 눈을 만났다. 멀고 먼 우주에서 떠오른 두 눈은 수많은 별로 이루어진 은색 장막 뒤에서 나타났다. 그중 하나는 긴 눈썹이 아름다운 팡린의 눈이었다. 또 다른 천진난만한 눈은 원원의 것이었다. 두 눈은 우주 여기저기를 둘러보고 있었지만 딩의의 존재를 깨닫지 못했다.

가벼운 바람이 평온한 호수를 스치고 지나가듯 파동함수는 진동하기만 할 뿐 붕괴하지 않았다. 딩의가 절망에 빠져 있을 때, 아득한 은하수에서 소란이 일어나더니 별들로 이뤄진 거센 흐름이 회전하면서 용솟음쳤다. 이어서 모든 것이 평온해지며 우주에 있는 모든 별이 모여 하나의 큰 눈을 만들었다. 100억 광년 크기의 눈은 검은 벨벳에 다이아몬드 가루를 흩뿌려 놓은 그림 같았다. 그 눈이 딩의를 바라보자 파동함수가 순식간에 붕괴됐다. 거꾸로 솟은 불꽃처럼 양자들은 우주에서 아주 미약한 하나의 점으로 모였다. 그가 두 눈을 번쩍 뜨니 다시 현실로 돌아왔다.

통제 센터의 총책임자가 그를 깨웠다. 눈을 뜬 딩의 앞에는 물리학자와 기술 책임자 몇 명이 소파를 둘러싸고 서 있었다. 그들은 마치 괴물이라도 보는 것처럼 이상한 눈으로 그를 쳐다봤다.

"왜 그러세요? 제가 늦잠을 잤나요?"

딩의는 창밖을 봤다. 날은 밝았지만 아직 태양이 뜨지는 않았다. 총책임자가 나지막하게 말했다.

"아닙니다. 사고가 났어요."

그제야 딩의는 상황이 파악됐다. 방금 전 사람들이 이상한 눈빛을 하고 있었던 것은 갑작스럽게 일어난 일 때문이었다. 총책임자는 딩의를 일으켜 세운 후 창문으로 데려가려고 했다. 딩의가 발을 떼려는데 누군가 뒤에서 붙잡았다. 고개를 돌아보니 노벨물리학상을 수상한 일본 물리학자 마츠다였다.

"딩의 박사님, 곧이어 보게 될 장면이 정신적으로 받아들이기 힘들 것 같다면 안 보셔도 됩니다. 우리는 지금 꿈속에 있는 걸지도 모르니까요."

얼굴이 창백해진 마츠다는 떨리는 손으로 딩의의 손을 잡고 있었다.

"저는 방금 꿈속에서 나왔습니다. 무슨 일이 일어났습니까?"

자리에 있는 사람들은 여전히 이상한 눈빛으로 딩의를 바라보고 있었다. 총책임자는 그를 이끌고 창문으로 갔다. 딩의는 창밖 광경을 보고 방금 전 자신이 한 말을 의심했다. 눈앞에 펼쳐진 현실은 방금 전 꿈보다 더 비현실적이었다.

옅은 푸른색을 띤 새벽빛 아래에 사막을 가로지르던 파이프가 사라지고 대신 녹색 풀이 가득했다. 이 녹색 길은 동과 서 두 방향으로 끝도 없이 펼쳐져 있었다.

"센터의 통제실로 갑시다."

총책임자가 말했다. 딩의는 그들을 따라 아래층으로 갔다가 또다시 예상치 못한 충격을 받았다. 통제실에 있던 설비들이 흔

적도 없이 사라졌다. 대신 그 자리에는 녹색 풀이 가득했다. 풀들은 정전기 방지 패드에서도 자라고 있었다.

딩의는 통제실을 지나 미친 듯이 건물 주변을 뛰어다니다 가속기 파이프 자리에 난 풀을 보고 멈춰 섰다. 그는 태양이 떠오르는 동쪽 지평선을 바라보며 사막의 찬 공기에 몸을 부르르 떨었다.

"가속기의 다른 부분은요?"

딩의는 숨을 헐떡거리면서 따라온 총책임자에게 물었다.

"모두 사라졌습니다. 지상과 지하 그리고 바다에 있던 것까지 모두 사라졌어요."

"모두 풀로 변했습니까?"

"아닙니다. 풀은 이쪽 사막에만 났어요. 다른 곳은 설비만 사라졌습니다. 지면과 해저에는 텅 빈 받침대만 남았고, 지하에는 빈 터널뿐입니다."

딩의는 허리를 숙여 풀 한 포기를 뽑았다. 다른 곳에서도 볼 수 있는 평범한 풀이었지만 이곳에 났다는 것이 이상했다. 선인장처럼 건조한 사막을 견딜 만한 특성이 전혀 보이지 않는 풀이었다. 오히려 수분을 가득 머금고 있어서 물방울이 똑 하고 떨어질 것 같았다. 이러한 식물은 비가 많이 내리는 남쪽 지역에서나 볼 수 있었다. 풀잎을 비볐더니 맑고 향긋한 향이 나는 녹

색 즙이 손바닥에 가득 퍼져 나왔다. 딩의는 한참 동안 풀을 쳐
다보다 말했다.

"이건 꿈입니다."

이때 먼 곳에서 누군가의 목소리가 들려왔다.

"아닙니다. 이건 현실입니다!"

우주해결사

    지평선 위로 떠오르는 태양이 사람들의 얼굴을 밝게 비췄다. 그 빛 속에서 누군가가 풀밭 길을 따라 다가왔다. 태양을 등진 그의 실루엣은 마치 환영처럼 보였다. 사람들에게로 다가오고 있는 그는 중년의 남자로 흰 셔츠에 넥타이는 매지 않았고 검은색 바지를 입고 있었다. 점점 다가올수록 얼굴이 선명하게 보였다. 아시아와 유럽의 특징이 모두 담긴 그의 얼굴은 사막과 잘 어울렸다. 그가 이곳에 나타난 것이 전혀 이상하지 않을 정도였다. 그러나 사람들은 그를 현지인으로 보지는 않았다. 비현실적일 정도로 뚜렷한 이목구비가 석고상의 모습을 닮았기 때문이었다.

    잠시 후, 상당히 가까워진 그의 모습을 보며 그를 이 세상 사람이라고 생각하는 사람은 아무도 없었다. 그는 사실 발을 떼지도 않고 다리를 쭉 편 채로 서서히 다가오고 있었다. 그가 신은 구두는 밑창이 풀밭에 바짝 닿은 채로 살짝 떠 있었다. 그는 사람들과 2~3미터 정도 거리를 두고 멈춰 섰다.

"안녕하세요? 제가 이 모습으로 나타난 건 여러분과 편하게 지내고 싶어서 입니다. 여러분은 저를 어떻게 느낄지 모르겠지만 저는 최선을 다했어요."

그는 영어로 말했다. 그의 목소리는 얼굴만큼이나 매우 반듯해서 별다른 특징을 찾을 수 없었다.

누군가가 그에게 물었다.

"누구십니까?"

"저는 우주해결사입니다."

"우주해결사!"

"아니, 우주해결사라니……."

그의 대답이 물리학자들의 뇌리에 깊이 박혔다.

"입자가속기가 사라졌습니다. 선생님과 관련이 있습니까?"

총책임자가 물었다.

"네, 입자가속기는 제가 어젯밤에 없애 버렸습니다. 여러분이 계획한 실험을 막아야 했습니다. 보상의 의미로 여기에 풀을 깔았습니다. 건조한 사막이지만 빠른 속도로 퍼져 나갈 겁니다."

"이 풀들이 여기에 있어야 하는 이유가 있습니까?"

"입자가속기를 최대출력으로 작동하려면 입자를 10의 20제곱 기가전자볼트까지 가속시켜야 합니다. 이것은 우주 대폭발 때의 에너지와 비슷해서 우주에 재난을 일으킬 거예요."

"어떤 재난입니까?"

"진공 붕괴입니다."

이 말에 총책임자는 고개를 돌려 주변에 있는 물리학자들을 쳐다봤다. 그들은 아무 말도 하지 않고 미간을 찌푸린 채 무엇인가에 골몰했다.

"더 설명해야 합니까?"

우주해결사가 물었다.

"아닙니다. 필요 없습니다."

딩의는 고개를 살짝 저으며 말했다. 물리학자들은 우주해결사가 아직 인류가 알지 못하는 개념을 설명해 주리라 생각했다. 그러나 그가 말한 내용은 이미 물리학계에서 1980년대 초에 생각했던 것이었다. 당시 대다수 사람들은 진공 붕괴를 신기한 가설일 뿐 현실과는 무관하다고 여겨 잊혀진 개념이었다.

진공 붕괴는 1980년 『물리평론』이라는 잡지에 시드니 콜먼과 프랭크 루시아가 쓴 논문이 실리면서 처음으로 소개됐다. 그들보다 먼저 폴 디랙이 '우주 속 진공은 거짓 진공이며, 아무 것도 없는 빈 공간에 거짓 입자가 상상도 할 수 없이 짧은 순간에 유령처럼 나타났다가 사라진다'고 주장했다. 이처럼 순식간에 새로 태어나고 사라지는 사건이 공간의 점마다 쉬지 않고 나타난다. 이 때문에 우리가 말하는 진공은 실제로는 끓어오르는 양자 바다가 되고 진공은 일정한 에너지준위*를 가진다.

콜먼과 루시아는 디랙과 조금 다르게 생각했다. 고에너지 과정은 다른 상태의 진공을 만들어 낼 수 있다. 즉, 이러한 진공의 에너지준위는 기존 진공보다 낮으며 준위가 0인 진짜 진공이 나타날 가능성도 있다. 이 진공의 부피는 처음에는 원자 크기에 불과하나 형성된 후 주변에 영향을 미친다. 이웃한 높은 에너지준위의 진공이 이 진공의 에너지준위로 낮아지며 같은 수준의 낮은 에너지준위인 진공으로 변한다.

이 때문에 낮은 에너지준위의 진공은 부피가 빠르게 커지며 하나의 구 모양을 이룬다. 이러한 낮은 에너지준위의 진공 구는 광속으로 빠르게 확장하고, 구 안에 있는 양자와 중성자는 순식간에 붕괴된다. 결국 구 안의 물질은 증발되며 모든 것은 괴멸되고 만다.

"광속으로 팽창한 낮은 에너지준위의 진공 구는 0.03초 내에 지구를 파멸시키고, 5시간 내에 태양계를 무너뜨립니다. 4년

---

* 원자나 분자가 갖는 에너지의 값. 또는 그 상태

후에는 가장 가까운 항성을 파괴하며, 10만 년 후에는 은하계가 무너집니다. 그 무엇으로도 진공 구의 팽창을 막을 수 없어요. 시간이 지날수록 온 우주는 재난을 피할 수 없게 될 겁니다."

우주해결사의 말은 자리에 있던 대다수 사람들의 생각과 일치했다. 그에게 사람의 생각을 꿰뚫어 보는 능력이라도 있는 것일까? 우주해결사는 두 팔을 쫙 벌리고 모든 것을 다 품에 안겠다는 자세를 취했다.

"만약 우주를 광활한 바다에 비유한다면 우리는 바닷속에 사는 물고기입니다. 우리 주변의 끝도 없는 바닷물은 맑고 투명해서 그 존재를 잊을 때가 많아요. 여러분에게 한 가지를 알려 줘야겠군요. 사실 주변에 있는 건 바닷물이 아니라 액체 폭약입니다. 그래서 지구 하나가 모든 것을 파멸시킬 만한 대재난을 일으킬 수도 있습니다. 저는 우주해결사로서 지구가 위험한 온도까지 올라가기 전에 폭발물을 미리 없애 버리는 임무를 맡고 있어요."

딩의가 우주해결사의 말을 듣고 말했다.

"이건 그리 간단하지 않습니다. 우리가 아는 이 우주는 반경이 200억 광년에 다다릅니다. 당신들 같은 슈퍼 문명에게도 이건 엄청나게 광활한 공간입니다."

우주해결사가 처음으로 살짝 웃었다. 그는 웃음조차도 별다른 특징이 없었다.

"우주는 당신이 생각하는 것처럼 그리 복잡하지 않습니다. 당신들도 이 우주가 대폭발의 잔재라는 걸 알고 있어요. 항성과 은하계는 여전히 온기를 지니고 있는 불씨에 불과합니다. 이것은 낮은 에너지준위의 우주입니다. 여러분이 본 퀘이사*와 같은 고에너지 천체는 멀고 먼 과거에나 존재했죠.

현재 자연적인 우주에서 가장 높은 수준의 에너지 과정, 예를 들어 질량이 큰 물체가 블랙홀에 빠져도 에너지준위는 우주 대폭발 때보다 십의 몇 제곱이나 낮습니다. 천지창조 차원에 속하는 에너지 준위가 나타날 수 있는 유일한 기회는 지적인 문명이 우주의 궁극적인 신비를 찾으려고 노력할 때 다가옵니다. 이때 대량의 에너지가 작은 점에 모이면 이 점이 천지창조의 에너지준위에 다다릅니다. 이 때문에 우리는 우주 속에서 일정 정도까지 진화한 문명 세계를 지속해서 감시하고 있죠."

"그렇다면 당신들은 언제부터 인류에 주목하기 시작했습니까? 막스 플랑크 시대입니까?"

마츠다가 묻자 우주해결사는 고개를 저었다.

"그러면 뉴턴 시대입니까? 이것도 아닙니까? 아리스토텔레

---

* 블랙홀이 주변 물질을 집어삼키는 에너지에 의해 형성되는 거대 발광체. 준성이라고도 한다.

스 시대까지 거슬러 올라가야 하는 건 아니겠죠?"

"아닙니다. 우주 위험 제거 시스템의 작동 원리는 다음과 같습니다. 우선 우주에 퍼져 있는 대량의 센서로 생명이 나타난 세계를 감시합니다. 그러다 센서를 설치한 세계 중에 천지창조의 에너지준위에 이를 수 있는 능력을 가진 문명을 발견하면 센서에서 경보가 울립니다. 그러면 저 같은 우주해결사들이 경보가 울린 문명으로 갑니다. 그러나 천지창조의 에너지준위에 대한 실험을 할 수 있는 문명을 제외하고 우리는 우주에 어떠한 관여도 하지 않습니다."

이때 우주해결사 머리 위에 2제곱미터 쯤 되는 검은 정사각형이 나타났다. 그 안에는 깊이를 알 수 없는 어둠이 가득했다. 마치 하늘에 구멍이 난 것 같아 보였다. 몇 초 후, 검은 공간에 푸른 지구의 모습이 나타났다. 우주해결사가 영상을 가리키며 말했다.

"이것은 여러분 세계 위에 설치한 센서가 찍은 지구 영상입니다."

"이 센서는 언제 설치한 거죠?"

자리에 있던 학자들 중 한 명이 우주해결사에게 물었다.

"당신들의 지질학 연대순으로 따지자면 고생대 말기 석탄기 때입니다."

"석탄기라고요? 3억 년 전이라니!"

여기저기서 웅성거리는 소리가 들렸다.

"그건…… 너무 이른 거 아닙니까?"

총책임자는 놀란 표정으로 물었다.

"이르다고요? 아니요, 너무 늦었습니다. 처음으로 석탄기에 속한 지구에 왔을 때, 우리는 광활한 곤드와나대륙에서 윤기가 흐르는 양서류가 원시 소나무 숲과 습지를 기어 다니는 광경을 보고 온몸에 소름이 끼쳤습니다. 길고 긴 역사 속에서 인류는 순식간에 기술 문명으로 진화했고요. 그러니 고생대가 시작하던 캄브리아기나 오르도비스기에 좀 더 빨리 센서를 설치했어야 했어요."

영상을 확대하자 지구가 정사각형에 가득 찼다. 센서가 대륙 사이로 이동하는 것이 꼭 순찰하는 눈을 연상시켰다.

"여러분이 지금 보는 영상은 홍적세 말기에 찍은 겁니다. 37만 년 전이지요. 우리에게는 어제에 해당합니다."

센서가 이동을 멈추더니 렌즈를 아프리카에 고정했다. 아프리카는 지구가 해를 등진 쪽에 있어서 밝은 바다가 검은 덩어리를 삼면으로 둘러싸고 있는 것처럼 보였다. 아프리카에 있는 무엇인가가 센서의 주의를 끈 것 같았다. 렌즈를 가까이 끌어당기자 대륙이 화면 전체를 꽉 채웠다. 센서가 빠른 속도로 지구 표면으로 돌진하는 것 같았다.

육지의 흑백이 서서히 어둠 속에서 드러났다. 백색은 마지막 빙하기에 쌓인 눈이었고 검은색은 무엇인지 모호했다. 숲인지 돌인지 정확히 구분이 가지 않아서 상상에 맡기는 수밖에 없었다. 렌즈가 계속해서 줌인으로 잡아당기자 설원이 화면을 꽉 채웠고 화면의 정사각형은 흰색이 됐다.

설원에는 시선을 사로잡는 흑점이 몇 개 있었는데 그것은 사람의 그림자였다. 자세히 보니 그들의 등은 모두 굽어 있었고, 차가운 밤바람에 길게 헝클어진 머리카락이 흩날리고 있었다. 영상이 다시 검게 변하더니 고개를 들고 있는 한 사람의 얼굴이 화면을 가득 채웠다. 빛이 약해서 얼굴이 자세히 보이지는 않았지만 뚜렷한 특징이 있었다. 그는 눈썹뼈와 광대뼈가 높이 솟았으며 입술은 길고 얇았다. 렌즈가 더 이상 다가갈 수 없을 정도로 가까운 거리에서 찍고 있었다. 이어서 화면에 꽉 찬 깊은 눈이 보였다. 검은 눈동자에 찍힌 은빛 점은 눈동자에 비친 하늘이었다.

갑자기 영상이 멈추더니 귀를 찌르는 날카로운 소리가 울렸다. 우주해결사는 우주 위험 제거 시스템에서 나는 사이렌 소리라고 했다.

"왜 사이렌이 울리는 거죠?"

총책임자가 궁금했는지 우주해결사에게 물었다.

"원시인이 우주 위험 제거 시스템에 설정된 제한 시간을 초과하여 하늘을 봤습니다. 우주에 호기심을 많이 보였다는 뜻입니다. 지금까지 여러 지점에서 총 열 건이 넘는 제한 시간 초과 사건이 포착됐습니다. 경보가 울릴 조건을 충족했다는 거죠."

"제가 잘못 기억한 게 아니라면 천지창조의 에너지준위에 이를 수 있는 능력을 가진 문명이 나타나야 우주 위험 제거 시스템이 울린다고 하지 않았나요?"

"여러분은 방금 그 문명을 보지 않았습니까?"

우주해결사가 반문하자 물리학자들은 멍하니 서로의 얼굴만 쳐다봤다.

"이해하기 어렵습니까? 생명체가 우주의 오묘하고 신비한 존재를 인식했다면 이 신비에 대한 최종 답안을 얻는 데까지는 단 한 발짝만 남았다고 볼 수 있습니다."

우주해결사는 고개를 갸웃하는 물리학자들을 보며 이어서 설명했다.

"예를 들어 지구의 생명체는 40여 억 년의 시간이 지나서야 우주의 신비한 존재를 인식했습니다. 그러나 그때를 시작으로 아인슈타인 적도를 세우는 데까지 걸린 시간은 40만 년도 안 됩니다. 이 과정의 핵심인 입자가속기를 만드는 데는 500년도

안 걸렸죠. 화면 속 원시인이 우주를 몇 분 간 응시한 것이 바닥에 떨어진 보석을 본 단계라면, 그 후 여러분이 일컫는 인류 문명은 허리를 굽혀 그 보석을 줍는 단계에 해당합니다."

딩의는 조금씩 이해가 됐는지 고개를 끄덕였다.

"그러니까 저 원시인은 우주를 바라본 위대한 인간이라고 해야겠군요!"

우주해결사는 딩의를 한 번 쳐다보고는 이어서 말했다.

"그때부터 저는 여러분의 세계를 감시했습니다. 불을 가지고 노는 아이를 돌보는 것처럼 말이죠. 불을 밝게 비춰 우주를 바라보게 된 아이는 앞뒤 가리지 않고 불을 더 세게 피웠습니다. 지금 이 불 때문에 우주는 타들어 갈 위험에 처해 있습니다."

"인류는 영원히 대통일이론을 증명할 수 없고, 영원히 우주의 궁극적인 신비를 알 수 없다는 말인가요?"

딩의는 인류 과학사에서 가장 핵심이 되는 문제를 언급했다. 과학자들은 최후의 판결을 기다리는 영혼들처럼 우주해결사를 응시했다.

"지적인 생명체에게는 여러 가지의 비애가 있죠. 이건 그중에 하나일 뿐입니다."

우주해결사는 담담하게 말했다.

"더 높은 문명 세계에 사는 당신들은 이러한 슬픔을 어떻게 받아들였나요?"

마츠다가 떨리는 목소리로 물었다.

"우리는 우주의 대통일이론을 얻은 행운아입니다."

과학자들의 마음에서 꺼져 가던 희망의 불씨가 되살아났다. 하지만 딩의는 또 다른 위험 가능성을 염두에 뒀다.

"당신들이 있는 우주의 어떤 곳에서 진공 붕괴가 일어났다는 말입니까?"

우주해결사는 고개를 저었다.

"우리는 다른 방식으로 대통일이론을 증명했습니다. 지금은 말할 수 없지만 나중에 기회가 된다면 자세히 설명하겠습니다."

"우리도 그 방식을 알 수 있습니까?

우주해결사는 계속해서 고개를 저었다.

"때가 늦었어요. 이제 이 우주에서는 그 어떤 문명도 대통일 이론을 가질 수 없습니다."

"우주의 대통일이론을 인류에게 알려 주십시오!"

우주해결사는 또다시 고개를 저었다.

"부탁입니다. 우리에게 매우 중요한 문제예요. 아니, 우리의 전부입니다!"

딩의는 절박한 마음에 우주해결사의 팔을 잡아 보려 했지만 손은 허공을 스쳐 지나갈 뿐이었다.

"'지식 밀봉 원칙'에 따라 허락할 수 없습니다."

"지식 밀봉 원칙이라고요?"

"네, 우주에 존재하는 문명 세계가 정한 최고 원칙입니다. 상급 문명은 하급 문명에게 지식을 전달하지 못합니다. 지식을 전달하는 것을 '지식 이동 파이프'라고 하는데, 하급 문명은 스스로 탐색해서 지식을 얻어야 합니다."

우주탐식자의 말에 딩의는 고개를 갸웃거리며 물었다.

"이해하기 힘든 원칙이로군요. 만약 대통일이론을 우주의 마지막 신비를 갈구하는 모든 문명에게 알려 준다면 그들은 천지창조의 에너지준위에 이르는 고에너지 실험을 하지 않을 겁니다. 그러면 우주는 안전하지 않겠어요?"

"너무 단순하게 생각하는군요. 대통일이론은 오롯이 이 우주의 것입니다. 이 이론을 얻으면 무수히 많은 우주가 존재하고 있다는 사실을 알게 됩니다. 그리고 이 모든 우주를 제한하는 초통일이론을 갈망할 테지요. 당신들은 대통일이론을 기술적으로 응용해서 더 높은 에너지준위를 일으키는 수단을 얻을 겁니다. 거기서 그치지 않고 이를 이용해 우주 간의 벽을 무너뜨릴 겁니다. 이런 상황이 오면 우주 간 진공 에너지준위의 차이 때문에 진공 붕괴가 일어나고, 두 개 이상의 우주가 파괴될지도 모릅니다.

또, 지식 이동 파이프로 대통일이론을 받으면 하급 문명에 직접적인 악영향으로 대재난이 일어나게 됩니다. 여러분은 그런 대재난의 원인을 전혀 이해하지 못할 것입니다. 그러니 지식 밀봉 원칙을 절대 위반해서는 안 됩니다. 이 원칙에서 의미하는 지식은 우주의 심층적인 신비뿐만 아니라 여러분이 갖지 못한 모든 지식을 말합니다. 여기에는 모든 차원의 지식이 포함됩니다. 만약 인류가 아직도 뉴턴의 운동 법칙을 모르거나 미적분을 모른다면 저는 마찬가지 이유로 여러분에게 이를 알려 줄 수 없습니다."

과학자들은 아무 말도 하지 않고 잠잠히 있었다. 높이 떠 있던 태양이 지자 모든 것이 암흑에 휩싸였다. 그 순간 우주 전체가 거대한 비극 속에 빠져 버렸다. 이 비극이 얼마나 크고 넓은지 당장은 알 수 없었다. 인류는 남은 생을 가늘고 긴 고통 속에서 살아야 할지도 몰랐다. 하지만 남은 생이 더 이상 아무 의미가 없다는 것은 모두가 잘 알고 있었다.

마츠다는 풀밭에 털썩 주저앉아 명언이 될 법한 말을 했다.

"밝히지 못하는 우주라면 내 심장은 더 이상 뛰지 않을 겁니다."

그 한마디는 모든 과학자의 마음을 대변했다. 그들은 넋이 나간 채로 울먹거렸다. 그렇게 얼마나 지났을까. 딩의가 침묵을 깨고 말했다.

"지식 밀봉 원칙을 어기지 않으면서 대통일이론을 얻을 수 있는 방법이 있습니다."

우주해결사가 고개를 끄덕이며 밀했다.

"말해 보십시오."

"우주의 궁극적인 신비를 알려 준 후 저를 파괴하십시오."

"음, 3일의 시간을 줄 테니 잘 생각해 보십시오."

우주해결사는 딩의의 말이 끝나기 무섭게 바로 대답했다. 그러자 딩의는 매우 기뻐했다.

"긍정적인 의미입니까?"

우주해결사는 고개를 끄덕였다.

진리의 제단

거대한 반구체라고 부르는 반구체의 제단은 지름이 50미터에 달했다. 단면은 위로 향하고 구면은 아래로 향하게 설치되어 있어 멀리서 보면 거꾸로 세워 놓은 언덕처럼 보였다. 이 반구는 사막에 거대한 회오리바람이 불어왔을 때, 우주해결사가 바람 속에 있던 커다란 모래 기둥을 뭉쳐 만든 것이었다. 그가 어떻게 엄청난 모래 기둥을 정교한 반구로 만들었는지는 아무도 몰랐다.

구면이 아래로 향하고 있지만 강도가 높아서 무너질 염려는 전혀 없었다. 그러나 아래가 볼록해서 불안정했기 때문에 사막에 거센 바람이 불면 눈에 선명히 보일 정도로 심하게 흔들렸다.

우주해결사는 머나먼 그들의 세계에서는 이 반구를 '논단'이라 부른다고 했다. 그들 문명의 상고시대에 학자들은 논단 위에 모여 우주의 오묘한 신비에 관해 토론했다. 그러나 반구는 불안정하기 때문에 논단에 모인 학자들은 조심스럽게 균형을 맞춰가며 자리에 앉아야 했다. 잠시라도 균형을 잃어 반구가 기울면 아래로 떨어질 수 있기 때문이었다.

우주해결사가 이 반구형 논단이 지닌 의미를 설명해 주진 않았지만, 물리학자들은 반구가 우주의 불균형과 불안정을 암시하는 것이라 추측했다.

반구의 한쪽에 난 모래 고갯길을 따라 올라가면 제단이 나왔다. 우주해결사의 세계에서는 이런 고갯길이 없었다. 그들은 투명한 날개가 달려 있어서 논단 위로 단번에 날아갈 수 있었다. 이 고갯길은 전적으로 인류를 위해 지은 것이었다.

오늘은 전체 인류 중 300여 명에 이르는 사람들이 이 길을 통해 진리의 제단으로 올라갈 예정이었다. 그들은 우주의 오묘한 진리를 얻기 위해 자신의 생명을 바치려고 했다.

3일 전, 우주해결사가 딩의의 요청을 받아들인 후 전 세계는 거대한 공황에 빠질 정도로 달라졌다. 하루에 몇백 명이나 딩의와 같은 요청을 해 왔는데 여기에는 세계 입자 물리 센터의 과학자들 외에 세계 각국의 학자들도 포함됐다.

처음에는 물리학자들만 요청해 왔으나 이후 신청자는 물리학과 우주학을 넘어 수학, 생물학 등 기초과학을 다루는 과학자들

로 확대됐고, 심지어 경제학과 역사학 등을 전공한 인문학자들도 있었다. 자신의 생명을 바치는 대가로 진리를 얻으려는 사람들은 자신이 속한 분야의 최고 권위자이자 엘리트 중의 엘리트로 꼽히는 사람들이었다. 그들 중에 반 이상이 노벨상 수상자일 정도로 진리의 제단 앞은 인류 최고의 전문가들로 문전성시를 이뤘다.

진리의 제단 앞은 이제 더 이상 사막이 아니었다. 우주해결사가 심은 풀들이 처음의 두 배나 되는 굵기로 자라며 빠른 속도로 퍼지더니 진리의 제단 아래까지 무성하게 자라났다.

녹색 풀밭에 수만 명에 달하는 사람이 모였다. 자신의 목숨을 바치려는 과학자들과 세계 유명 언론 매체 기자들 외에, 과학자들의 가족과 친구들까지 찾아와 밤낮으로 애걸복걸하며 그들을 말렸다. 그들은 심신이 몹시 지쳤지만 마지막 순간까지도 과학자들의 마음을 돌리기 위해 애써 보기로 했다. 과학자들의 가족과 친구들 외에도 각국 정부의 대표가 찾아와 과학자들을 설득하려고 했다. 그들 중에는 10여 개국의 정상들도 포함되었는데 자국의 엘리트를 이렇게 보낼 수 없다며 말리고 또 말렸다.

"여보, 원원은 왜 데려왔어요?"

딩의는 팡린에게 물었다. 두 사람 뒤에는 원원이 아무 영문도 모른 채 풀밭에서 놀고 있었다. 울상을 짓고 있는 사람들 속에서 원원만 유일하게 웃으며 즐거워하고 있었다.

"당신이 세상을 떠나는 장면을 보여 주려고 데려왔죠."

팡린은 쌀쌀맞게 말했다. 그녀는 창백한 얼굴로 멍하니 먼 곳을 바라봤다.

"이런다고 내 마음이 바뀔 것 같아요?"

"기대는 안 해요. 하지만 적어도 원원이 아빠는 닮지 않겠죠."

"나를 벌주는 건 괜찮지만 우리 아이는……."

"누구도 당신을 벌할 수 없어요. 곧 일어날 일을 벌이라고 착각하지 말아요. 당신은 당신 꿈속의 천국으로 가려는 거잖아요!"

딩의는 팡린의 두 눈을 바라보면서 말했다.

"여보, 방금 한 말이 정말 당신의 생각인가요? 그렇다면 드디어 당신이 나를 아주 깊이 이해하고 있는 거예요."

"나는 누구도 이해하지 않아요. 지금 내 마음속에는 미움과 원망만 있을 뿐이에요."

"날 증오해도 좋아요."

"난 물리학을 증오해요!"

"하지만 물리학이 없었다면 인류는 아직도 숲과 동굴에 사는 어리석은 동물에 머물렀을 거예요."

"그래도 지금의 나보다는 훨씬 더 행복했겠죠!"

"난 행복해요. 당신도 나의 행복을 함께 누리길 바라요."

"그러면 우리 아이도 함께 누려야죠. 아버지의 결말이 어떤지 직접 봐야 나중에 커서 물리학 같은 마약은 멀리할 거 아니에요!"

"여보, 물리학을 마약이라고 하다니 당신은 역시 나를 가장 잘 이해하고 있군요. 자, 봐요. 요 며칠 동안 당신은 많은 것을 깨달았어요. 만약 당신이 조금 더 일찍 알았다면 우리에게 오늘과 같은 비극은 없었을 거예요."

정상 중 몇몇은 진리의 제단에 올라가 우주해결사에게 과학자들의 요청을 거절해 달라고 부탁했다.

먼저 미국 대통령이 말했다.

"미스터 우주해결사, 제가 이렇게 불러도 되겠습니까? 우리 세계에서 가장 뛰어난 과학자들이 여기에 모여 있습니다. 정말 지구의 과학을 없애고 싶으십니까?"

"그렇게 부정적으로 생각하지 마십시오. 또 다른 과학 엘리트들이 저 사람들의 자리를 메울 겁니다. 우주의 오묘한 진리를 탐색하고자 하는 욕망은 지적인 생명체의 본성이니까요."

"저희와 마찬가지로 지적인 생명체인 미스터 우주해결사는 여기 있는 학자들을 잔인하게 죽일 생각이십니까?"

"저들이 선택한 겁니다. 저들의 생명은 저들의 것이에요. 누구나 자신이 숭고하게 여기는 것을 위해 생명을 내놓을 권리가 있습니다."

잠자코 듣고 있던 러시아 대통령이 흥분한 목소리로 외쳤다.

"당신이 우리를 계몽시킬 필요는 없습니다! 생명을 버리고 숭고한 것을 얻는 것은 인류에게 낯설지 않은 행동입니다. 지난 세기 전쟁을 치르면서 2,000명이 넘는 러시아인들도 같은 선택을 했으니까요. 하지만 지금은 다릅니다. 과학자들의 생명은 그 무엇으로도 바꿀 수 없습니다! 저들에게 보이는 궁극의 진리에 대한 욕망은 순전히 비정상적인 현상일 뿐입니다. 당신도 잘 알고 있잖습니까!"

"저들이 이 별에서 유일하게 정상인들이라는 건 알고 있습니다."

각국 정상들은 서로 빤히 쳐다보다 이어서 당황한 눈빛으로 우주해결사를 바라봤다. 그들은 우주해결사의 말이 무엇을 의미하는지 이해하지 못했다.

우주해결사는 두 팔을 벌려 하늘을 껴안는 자세를 취했다.

"우주가 지닌 조화의 아름다움이 있는 그대로 당신들 앞에 펼쳐지면 생명은 단지 작은 대가에 불과해집니다."

"그러나 저들은 그 아름다움을 본 후 10분밖에 살지 못합니다!"

"10분조차 주어지지 않아도 궁극의 아름다움을 볼 수만 있다면 그것도 가치 있는 일입니다.”

정상들은 서로 쳐다보며 쓴웃음을 짓고 고개를 저었다.

“문명이 진화하면 저들과 같은 사람들이 서서히 늘어날 겁니다.”

우주해결사는 진리의 제단 아래에 있는 과학자들을 가리키며 말을 이었다.

“생존 문제가 완벽히 해결되고, 개체의 변이와 융합으로 사랑이 사라지고, 과도한 정교함과 난해함으로 예술이 죽게 되면, 우주의 궁극적인 아름다움을 추구하는 것만이 문명의 유일한 존재 이유가 됩니다. 그러니 저들의 이러한 행동은 이 세계의 궁극적인 가치관에 부합합니다.”

정상들은 잠시 침묵하면서 우주해결사의 말을 곱씹었다.

잠시 후, 미국 대통령이 크게 웃었다.

“미스터 우주해결사, 인류 전체를 농락하고 있군요!”

우주해결사의 얼굴에 당혹스러운 기색이 역력했다.

“무슨 말인지 모르겠군요…….”

“인류는 당신이 생각하는 정도로 어리석지 않습니다. 당신 말에는 삼척동자도 다 알 만한 논리적인 오류가 있습니다!”

일본 총리가 쏘아붙이자 우주해결사는 조금 전보다 더 당혹스러워했다.

"제 말에 어떤 논리적인 오류가 있는지 모르겠군요."

미국 대통령이 냉소 섞인 말투로 말했다.

"1조 년 후, 우리의 우주는 고도로 진화한 문명으로 가득 차 있을 겁니다. 미스터 우주해결사의 말대로라면 궁극의 진리에 대한 욕망이 우주 전체의 기본 가치관이 될 겁니다. 그러면 우주의 모든 문명은 초고에너지 실험으로 모든 우주를 아우르는 초통일이론을 탐색하는 데 만장일치로 합의하지 않겠습니까? 이 실험을 하는 과정에서 자신을 포함한 모든 것이 파괴되는 것도 불사할 거다? 이런 일이 일어날 거라고 알려 주고 싶은 겁니까?"

우주해결사는 아무 말도 하지 않고 한참 동안 정상들을 쳐다봤다. 그의 괴상한 눈빛에 정상들은 두려움을 느꼈다. 그들 중 누군가가 이제껏 우주해결사가 한 말이 지닌 의미를 뒤늦게 깨닫고는 말하려고 했다.

"그러니까 당신 말은……."

우주해결사는 한 손을 들어 그에게 말하지 말라는 손짓을 하고 진리의 제단 가장자리로 걸어갔다. 그곳에서 그는 우렁찬 목소리로 사람들에게 말했다.

"여러분은 우리가 이 우주의 대통일이론을 어떻게 얻었는지 궁금할 겁니다. 이제 알려 줄 때가 된 것 같군요. 아주 오래 전,

우리 우주는 지금보다 훨씬 작고 뜨거웠으며 항성도 나타나지 않았습니다. 그러나 이미 존재했던 물질은 에너지 속에서 응집되어 나와 붉은빛을 내는 우주 속에서 자욱한 성운을 형성했습니다.

이 시기에 생명이 나타났습니다. 그것은 역장*과 희박한 물질로 이루어진 생명체였고, 개체들은 우주 속의 돌개바람 같았습니다. 이러한 성운 생물은 진화 속도가 번개처럼 빨라 우주 곳곳에 고도의 문명을 신속하게 만들어 냈습니다. 그중 한 성운 문명에서 우주의 궁극적인 진리에 대한 갈망이 정점에 달했습니다. 결국 우주 전체의 모든 세계는 진공 붕괴의 위험을 무릅쓰고 천지창조의 에너지준위 실험을 단행하여, 우주의 대통일 이론을 탐색하자고 만장일치로 합의했습니다."

우주해결사는 숨을 고른 후 이어서 말했다.

"성운 생물이 물질세계를 움직이는 방식은 현재의 우주 속 생명과는 완전히 다릅니다. 사용할 수 있는 물질이 충분하지 않기 때문에 그들 개체는 자신이 원하는 것으로 진화했습니다. 그러다 마지막 결정을 내린 후, 일부 세계의 개체들은 신속하게 진화하여 자신의 몸을 입자가속기의 일부로 만들었습니다. 그렇

---

* 힘의 작용이 미치는 범위. 전기장 · 자기장 · 중력장 따위가 있다.

게 해서 마지막엔 수백만의 성운 생물들이 줄을 맞춰, 입자를 천지창조 에너지준위까지 가속시킬 수 있는 고성능 입자가속기를 구성했습니다. 가속기가 작동을 시작한 후, 검붉은 성운에서 눈부신 파란빛 고리가 나타났습니다.

그들은 이 실험이 갖는 위험을 누구보다 잘 알고 있었기 때문에 실험을 진행하면서 얻은 결과들을 중력파를 이용해 발사했습니다. 중력파는 진공 붕괴 후에도 남아 있는 유일한 정보 매개체이기 때문이죠. 입자가속기를 한참 돌리자 진공 붕괴가 일어났습니다. 낮은 에너지준위의 진공구는 원자 크기에서 시작해 광속으로 팽창했습니다. 진공구는 순식간에 천문단위로 확대됐고 내부의 모든 것이 증발하여 사라졌죠. 아주 긴 시간이 걸리긴 했지만, 진공구의 팽창속도는 우주의 팽창속도보다 빨라서 결국에는 우주 전체를 파멸시켰습니다.

길고 긴 세월이 지나자 아무 것도 없던 우주 속에 증발됐던 물질들이 서서히 침전하며 응고됐습니다. 성운도 다시 나타났지만 우주는 쥐 죽은 듯이 고요했습니다. 그러다 항성과 행성이 나타나면서 생명이 다시 우주에 싹을 틔웠습니다. 이때에도 이미 파멸된 성운 문명에서 내보낸 중력파는 여전히 우주 속에서 메아리치고 있었습니다.

실제 물질이 다시 나타나면서 중력파는 빠르게 줄어들었습니다. 중력파가 완전히 사라지기 전, 새로운 우주에서 최초로 나타난 문명이 중력파에 담긴 정보를 해독했습니다. 그 새로운 문명은 상고시대의 실험 정보를 통해 대통일이론을 얻게 된 겁니다. 그들은 대통일이론을 세우는 가장 핵심적인 정보가 진공 붕괴가 일어나기 0.0001초 전에 생겨났다는 사실을 알아냈습니다."

우주해결사는 주변을 둘러보고 다시 말을 이었다.

"우리의 생각을 파멸된 성운 우주로 다시 되돌려 봅시다. 진공구가 광속으로 팽창할 때, 구체 밖에 있는 모든 문명 세계는 광원뿔* 시야 밖에 있어서 재난을 예측할 수 없었습니다. 이 때문에 진공구가 다가오기 전까지 이 세계들은 입자가속기가 만든 데이터를 집중해서 받아들였을 겁니다. 그들이 대통일이론을 세울 수 있는 충분한 데이터를 받은 후, 0.0001초만에 진공구는 모든 것을 파멸시켰습니다.

성운 생물은 사유 능력이 뛰어났기 때문에 그들에게 0.0001초는 상당히 긴 시간이었습니다. 그래서 그들은 생명의 마지막 순간에 대통일이론을 도출할 수 있었던 겁니다. 물론 이것은 그들에 대한 위로에 불과할 수 있습니다. 사실 그들이 마지막 순간에 그 무엇도 도출하지 않았을 가능성에 더 큰 무게를 두고

* 한 점에서 빛이 나올 때 그 빛이 지나가는 선이 만드는 굽은 면

싶습니다.

다시 말해, 성운 문명은 우주의 베일을 벗겼지만 우주가 지닌 궁극의 아름다움을 볼 수 있는 순간 파멸됐습니다. 그들은 실험을 시작하기 전에 이러한 가능성을 이미 예상하고 희생정신을 발휘했습니다. 우주의 궁극적인 신비를 포함한 데이터를 먼 미래의 문명에게 전해 주고자 했을 겁니다. 참으로 존경할 일이지요. 여러분, 우주가 지닌 궁극의 진리를 추구하는 것은 문명의 최종 목표이자 귀착점이라는 것을 아셔야 합니다."

자리에 있던 모든 사람은 우주해결사의 말을 듣고 깊은 생각에 빠졌다. 이 세계가 그의 마지막 말에 동감을 하거나, 하지 않거나 한 가지 확신할 수 있는 것은 우주해결사의 말이 미래 인류의 사상과 문화의 발전 과정에 큰 영향을 줄 것이라는 점이었다.

미국 대통령이 먼저 침묵을 깨고 말했다.

"미스터 우주해결사는 문명의 앞날을 어둡게 그리는군요. 길고 긴 발전 과정에서 쏟는 모든 노력과 희망이 결국, 불나방이 불 속으로 뛰어드는 것처럼 단 한 순간을 위해서라는 의미입니까?"

"불나방은 어둠을 느끼지 않습니다. 적어도 순간의 광명을 즐겼을 겁니다."

"인류는 이러한 삶을 받아들이지 않을 겁니다!"

"그 마음 충분히 이해합니다. 진공 붕괴 후 다시 태어난 우주 속에서 문명은 아직 싹을 틔우는 단계에 있습니다. 각 세계는 자신들만의 살아가는 방식이 있고, 서로 다른 목표를 추구합니다. 대다수 세계에서는 궁극의 진리를 추구하는 것이 그다지 중요한 가치가 아닐 수 있습니다. 우주의 진리를 찾기 위해 우주의 파멸을 불사한다는 것이 우주 속 대다수 생명체에게 불공평한 일일 수도 있습니다.

우리가 속한 세계만 봐도 구성원 모두가 궁극의 진리를 위해 모든 희생을 감내하지는 않습니다. 그래서 우리는 초통일이론을 탐색하는 초고에너지 실험을 멈추고 우주 전체에 우주 위험 제거 시스템을 세웠습니다. 그러나 문명이 진화하면 언젠가는 우주의 모든 세계가 문명의 궁극적인 목표에 뜻을 함께 할 거라 믿습니다. 바로 지금, 유아기에 해당하는 여러분의 문명에서도 어떤 이들은 이 목표에 찬성했습니다. 아, 시간이 다 됐군요. 생명과 진리를 맞바꾸길 원치 않는 분이 있다면 다른 분들이 올라올 수 있도록 이만 내려가 주십시오."

생명과 맞바꾼 진리

생명과 진리를 맞바꿀 수 있는 시간이 다가왔다.

먼저 수학자 여덟 명이 길고 긴 고갯길을 따라 진리의 제단으로 갔다. 마치 대자연이 숨을 참기라도 하는지 사막에는 바람한 점 불지 않았다. 적막이 내려앉은 이곳에 방금 떠오른 태양이 수학자들의 그림자를 길게 늘어뜨렸다. 굳어 버린 세상에서긴 그림자만이 유유히 움직이고 있었다.

수학자들의 그림자가 진리의 제단에서 사라졌다. 아래에 있는 사람들은 더 이상 그들이 보이지 않았다. 자리에 있던 모든사람이 귀를 쫑긋 세우고 우주해결사가 하는 말을 들었다. 쥐죽은 듯이 조용한 이곳에 그의 목소리가 선명하게 울려 퍼졌다.

"질문하십시오."

수학자 중 한 사람의 목소리가 들렸다.

"저희는 페르마의 정리와 골드바흐의 추측의 마지막 증명을 보고 싶습니다."

"좋습니다. 하지만 증명은 시간이 많이 걸리기 때문에 핵심이 되는 부분만 볼 수 있습니다. 나머지는 글로 설명하겠습니다."

멀리 있는 감시 비행기가 찍은 사진에는 과학자들이 고개를 들고 하늘을 보는 사진도 있었다. 그런데 그들이 보는 방향에는 아무 것도 없었다. 사람들 말로는 우주해결사가 생각의 파동을 이용해서 정보를 직접 대뇌에 입력한다고 했다. 그러나 실제 상황은 이보다 훨씬 단순했다. 진리의 제단 위에 있는 사람들은 우주해결사가 하늘에 쏜 정보를 볼 수 있었다. 이와 달리 제단 밖에 있는 사람들에게는 아무 것도 보이지 않았다.

한 시간이 지난 후 진리의 제단에 적막을 깨는 소리가 들렸다.

"다 봤습니다."

수학자 중 한 명이 말했다. 이어서 우주해결사가 차분한 목소리로 말했다.

"이제 마지막으로 여러분에게는 10분의 시간이 있습니다."

진리의 제단 위에 있는 수학자들이 이야기를 나누는 소리가 들렸다. 그들은 어두운 터널에 오랫동안 갇혀 있다가 밖으로 나와 빛을 본 것 마냥 들떠 있었다.

"완전히 새로운 내용입니다."

"이럴 수가……."

"저는 예전부터 직감적으로……."

"이런, 그게 사실이었다니……."

정해진 10분이 지나자 진리의 제단에서 선명한 소리가 들렸다.

"저희 수학자 여덟 명이 보내는 진심 어린 감사를 받아 주십시오."

곧이어 진리의 제단에 강한 빛이 들어왔다가 사라지더니, 여덟 개의 플라스마 불덩어리가 제단 위로 붕 떠올랐다. 이 불덩어리는 처음에는 환한 황금색이었다가 빛의 강도가 서서히 약해지면서 옅은 귤색으로 바뀌더니, 마지막에는 파란 하늘 속으로 하나둘씩 사라졌다. 사람들이 지켜보는 동안 이 모든 과정이 조용히 지나갔다. 감시 비행기에서 내려다본 진리의 제단에는 가운데에 서 있는 우주해결사만 보였다.

"다음 분들 올라오십시오!"

우주해결사가 큰 소리로 말했다.

수만 명이 지켜보는 가운데 열한 명이 진리의 제단 위로 올라왔다.

"질문하십시오."

"저희는 고생대 학자입니다. 지구에 생존하던 공룡이 멸망한 진짜 이유를 알고 싶습니다."

고생대 학자들은 조금 전 수학자들보다 짧은 시간 동안 하늘을 쳐다봤다. 곧이어 누군가가 우주해결사에게 말했다.

"공룡의 멸망 원인을 알았습니다. 고맙습니다!"

"여러분에게도 10분의 시간을 드리겠습니다."

"이제야 알겠습니다. 드디어 퍼즐이 맞춰지는군요."

"이런 이유로 멸망했군요. 꿈에도 생각지 못했습니다."

"이것보다 더……."

잠시 후, 다시 강한 빛이 나타났다가 사라졌다. 진리의 제단에서 날아오른 열한 개의 불덩어리가 사막의 상공에서 모습을 감췄다.

과학자들은 진리의 제단으로 줄지어 올라가 자신의 목숨을 담보로 진리를 알아내고, 아름다운 불덩어리가 되어 이 세상에서 사라졌다.

이 모든 것이 장엄하고 고요한 분위기 속에서 이뤄졌다. 진리의 제단 아래에서는 예상과 달리 과학자들과 가족들이 생과 사를 두고 이별하는 광경은 일어나지 않았다. 전 세계 사람들은 장엄하고 아름다운 모습을 묵묵히 지켜보면서 속으로는 큰 충격을 받았다. 인류의 역사가 생긴 이래 처음으로 모두가 영혼의 세례를 받고 있었다.

어느새 낮 시간이 지나가고 태양이 서쪽 지평선으로 반쯤 내려가면서 저녁 빛이 진리의 제단을 금빛으로 물들이고 있었다. 이어서 물리학자 여든여섯 명이 제단으로 걸어가기 시작했다. 그들은 이 자리에 모인 학자들 중에 가장 많은 수를 이루고 있었다. 물리학자들이 고갯길을 걸어갈 때쯤, 아침 해가 뜰 때부터 지금까지 조용히 자리를 지키던 한 어린아이가 큰 목소리로 고요함을 깼다.

"아빠!"

윈윈이 풀밭에 있는 사람들 속에서 뛰쳐나와 동료들과 함께 서 있는 딩의의 다리를 붙잡고 울었다.

"아빠는 불덩어리가 되면 안 돼요!"

딩의는 윈윈을 가볍게 안으며 물었다.

"윈윈아, 그동안 가장 힘들었던 일이 무엇인지 알려 주겠니?"

윈윈은 눈물을 훔치며 곰곰이 생각했다.

"지금까지 사막에서 살면서 가장……. 아, 가장 가고 싶은 곳은 동물원이었어요. 지난번에 아빠가 남쪽 지역으로 회의하러 갔을 때 저를 데리고 큰 동물원에 갔잖아요. 그런데 동물원에 들어가자마자 아빠 전화가 울렸죠. 그리고 급한 일이 생겼다며 일하러 가야 한다고 했어요. 거긴 자연 동물원이라 어른 없이 다닐 수 없었기에 저는 어쩔 수 없이 아빠와 집으로 돌아가야 했어요. 그 후 아빠는 계속 바쁘다며 동물원에 가지 않았죠. 아빠, 저는 이게 가장 슬퍼요. 그때 저는 집으로 돌아가는 비행기 안에서 울고 또 울었어요."

"우리 착한 딸, 동물원은 앞으로도 기회가 있으면 언제든지 갈 수 있잖니. 엄마가 데리고 갈 거야. 아빠도 지금 큰 동물원 문 앞에 있어. 그곳에는 아빠가 꿈에서도 간절히 바라던 신기한 것이 있단다. 이번에 가지 않으면 기회는 영영 오지 않아."

잠시 후, 원원은 눈물을 머금은 큰 눈으로 아빠를 바라보며 고개를 끄덕였다.

"그럼…… 그럼 잘 가세요, 아빠."

팡린이 다가와 딩의의 품에 안겨 있는 원원을 건네 안고, 앞에 우뚝 서 있는 진리의 제단을 바라보며 말했다.

"원원, 아빠는 이 세상에서 가장 나쁜 아빠야. 하지만 아빠는 정말 저 동물원에 가고 싶대."

"그래. 원원아, 아빠는 정말 가고 싶단다."

딩의가 간청하는 말투로 원원에게 말하자 팡린은 차가운 눈빛으로 딩의를 쳐다봤다.

"당신은 냉혈한 소립자예요. 얼른 가서 당신의 마지막 충돌을 이루세요. 나는 절대 딸을 물리학자로 키우지 않을 거예요!"

물리학자들이 가던 발걸음을 다시 옮기려는데 이번에는 한 여자의 목소리가 들려왔다.

"마츠다 씨, 한 발짝만 더 떼면 당신 앞에서 죽어 버릴 거예요!"

작고 아름다운 일본 여자가 고갯길이 시작되는 풀밭에 서서 은색 권총을 머리에 대고 있었다. 마츠다가 물리학자들 사이에서 걸어 나와 그녀를 마주하고 말했다.

"케이코, 홋카이도의 추운 새벽을 기억하나요? 그때 당신은 내가 정말 당신을 사랑하는지 시험했어요. 그날 당신은 만약 자기가 얼굴에 큰 화상을 입으면 어떻게 하겠냐고 물었죠. 나는 한 평생 당신만을 위해 살겠다고 답했어요. 그런데 당신은 내가 진정으로 사랑하지 않는다며 실망했어요. 내가 진정으로 당신을 사랑한다면 내 눈을 멀게 해서 아름다운 케이코만 기억해야 한다고 말했죠."

케이코의 아름다운 두 눈에는 눈물이 그렁그렁 맺혀 있었다. 그녀는 여전히 총부리를 머리에 대고 서 있었다.

마츠다가 이어서 말했다.

"사랑하는 케이코, 당신은 아름다움이 한 사람의 생명에 얼마나 중요한지 누구보다 잘 알고 있어요. 지금 우주의 궁극적인 아름다움이 내 앞에 있어요. 그런데 그 아름다움을 어찌 외면할 수 있나요?"

"한 발만 더 떼면 방아쇠를 당길 거예요!"

마츠다는 케이코를 향해 미소를 지으며 속삭였다.

"케이코, 하늘에서 만나요."

마츠다는 다시 물리학자들과 함께 고갯길을 따라 진리의 제단으로 올라갔다. 물리학자들의 등 뒤로 권총 소리와 함께 케이코가 쓰러지는 소리가 들렸지만 그들 중 어느 누구도 고개를 돌리지 않았다.

물리학자들은 진리의 제단에 올라가 질문했다. 우주해결사는 살짝 미소를 짓고 인사했다. 그 순간 하늘에 비치던 저녁노을과 지평선에 있던 석양이 사라지더니 사막과 풀밭이 어둠에 파묻혔다. 진리의 제단은 끝도 없는 어둠 속에 떠 있었다. 세상이 창조되기 전 별도 없는 어두운 밤이 그들 앞에 펼쳐졌다.

우주해결사는 손으로 한 방향을 가리켰다. 물리학자들이 그의 손을 따라 눈을 돌리니 저 멀리 있는 검은 심연 속에서 금빛을 띤 별 하나가 나타났다. 처음에는 보이지 않을 정도로 작았던 별이 밝은 점 하나에서 시작해 점점 커져 갔다. 물리학자들은 처음의 면적과 모양을 보고는 그것이 지구를 향해 날아오는 나선은하임을 알았다. 은하는 금세 커지더니 넘치는 기세를 자랑했다. 거리가 더 가까워지자 물리학자들은 은하에 있는 항성들이 숫자와 부호임을 알아냈다. 그것들이 구성하는 방정식은 금빛 은하수 속에서 밀려오는 파도를 만들었다.

우주의 대통일이론은 천천히 장엄하게 물리학자들이 있는 하늘에서 멀어졌다.

여든여섯 개의 불덩어리가 진리의 제단 위로 올라가는 광경을 본 팡린은 눈앞이 하얘지더니 그대로 땅에 쓰러졌다. 가까이에서 원원의 목소리가 희미하게 들려왔다.

"엄마, 어느 불덩어리가 아빠예요?"

마지막으로 진리의 제단에 오른 사람은 스티븐 호킹 박사였다. 그는 마치 나뭇가지를 오르는 곤충처럼 전동 휠체어를 타고 천천히 고갯길을 올라갔다. 그는 불에 녹고 있는 촛불처럼 힘없이 전동 휠체어에 몸을 의지하고 있었다.

마침내 제단에 오른 호킹 박사는 드넓은 단면에 서 있는 우주해결사 앞으로 갔다. 해는 지고 검푸른 하늘에 드문드문 별이 모습을 드러냈다. 제단 주변의 사막과 풀밭도 어둠의 색을 입고 있었다.

"박사님, 무슨 질문을 하고 싶으신가요?"

우주해결사는 다른 누구에게도 보이지 않던 존경의 마음을 호킹 박사에게 전했다. 그는 아무런 특징이 없는 미소를 지으며 전동 휠체어에 설치된 스피커에서 나오는 소리를 들었다.

"우주의 목적은 무엇입니까?"

하늘에는 아무런 답이 나오지 않았다. 그 순간 우주해결사의 얼굴에서 미소가 사라졌다. 그의 두 눈에는 전에 없던 당혹함이 서려 있었다.

"우주해결사님?"

호킹 박사가 우주해결사를 불렀다.

제단 위에는 여전히 침묵만 흘렀고 하늘은 조금 전과 마찬가지로 아무 것도 보이지 않았다. 지구의 몇 줄기 옅은 구름 뒤로 우주의 별들이 모습을 드러냈다.

"우주해결사님?"

호킹 박사가 다시 그를 불렀다.

"박사님, 뒤에 출구가 있습니다."

"이것이 답입니까?"

우주해결사는 고개를 저었다.

"박사님은 돌아가셔도 됩니다."

"우주가 추구하는 목적이 무엇인지 모릅니까?"

우주해결사는 고개를 끄덕였다.

"네, 모릅니다."

그 순간 석고상 같은 우주해결사의 얼굴에 처음으로 슬픔의 검은 구름이 몰려왔다. 이제껏 아무런 특징도, 매력도 없었던 표정과 달리 지금 보이는 슬픈 표정에는 생명력과 개성이 넘쳤다.

그는 가장 평범하면서도 가장 평범하지 않은 보통 사람이었다.

"제가 어찌 알겠습니까."

우주해결사가 중얼거렸다.

에필로그

15년 후 어느 밤, 초원으로 변한 타클라마칸사막에서 두 모녀가 이야기를 나누고 있었다. 어머니는 이제 갓 마흔이 넘었지만 백발이 가득했고, 두 눈에서는 세상 풍파를 다 겪은 고통과 슬픔, 그리고 피로가 느껴졌다. 그녀와 달리 아리따운 여자로 자란 딸의 맑은 두 눈에는 영롱한 별빛이 빛나고 있었다.

부드러운 풀밭에 앉은 어머니는 광채를 잃은 눈빛으로 하염없이 지평선을 바라봤다.

"원원아, 네가 아버지의 모교 물리학과에 지원하고, 양자역학으로 박사 학위를 받으려 해도 엄마는 말리지 않았다. 그래, 이론물리학자가 되어 물리학을 유일한 정신적 지주로 삼아도 괜찮다. 하지만 원원, 엄마가 부탁 하나만 할게. 제발 그 선만은 넘지 마라!"

원원은 찬란한 은하를 바라보며 대답했다.

"엄마, 이 모든 것이 200억 년 전 아주 작은 특이점에서 왔다고 상상할 수 있어요? 우주는 오래전에 이미 그 선을 넘었어요."

팡린은 자리에서 일어나 딸의 어깨를 잡고 말했다.

"얘야, 제발 그러지 마!"

원원은 미동도 하지 않은 채 하늘을 쳐다봤다. 팡린은 조금 더 세게 원원을 흔들었다.

"원원, 엄마 말 듣고 있니? 왜 그러니?"

원원의 시선은 이미 별들에 사로잡혀 있었다. 그녀는 별들을 바라보며 물었다.

"엄마, 우주의 목적은 무엇일까요?"

"아…… 아니다."

정신이 나가 버린 팡린은 풀밭에 털썩 주저앉고 말았다. 그녀는 두 손으로 얼굴을 감싸고 울기 시작했다.

"딸아, 제발, 제발 그러지 마라!"

마침내 시선을 거둔 원원은 무릎을 꿇고 팡린의 두 어깨를 살짝 부여잡으며 속삭이듯 물었다.

"그럼 엄마, 인생의 목적은 무엇인가요?"

원원의 이 질문에 뜨겁던 팡린의 심장은 얼음장처럼 차갑게 식어 버렸다. 그녀는 고개를 돌려 딸을 한 번 보고는 먼 곳을 응시했다. 그녀는 한참 동안 깊은 생각에 빠졌다. 15년 전, 그녀가 보고 있는 방향으로 우뚝 솟아 있던 진리의 제단, 그리고 그보다 조금 멀리 있던 아인슈타인 적도는 그 옛날 사막을 가로지르고 있었다.

가벼운 바람이 풀밭에 파문을 그리면서 지나가는 모습이 마치 하늘 아래 무수히 많은 사람이 우주 전체를 향해 노래를 부르는 모습 같았다.

원원의 질문에 팡린이 중얼거렸다.

"내가 어찌 알겠니?"

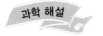

우주의 비밀을 찾기 위해서

우리는 이 세상에 태어나 붉은 꽃, 초록 잎, 푸른 산, 맑은 물, 아름다운 하늘, 찬란한 태양과 저녁노을, 그리고 다양한 동물들을 본다. 처음에는 신기하게 느껴지던 것들이 시간이 흘러 자연에 익숙해지면 모두 당연하게 느껴진다.

과학자들은 나이든 어린아이다. 그들은 이 세계에 대한 무뎌진 감각에 '왜?'라는 질문을 던진다. 왜 하늘은 파랄까? 왜 계절이 있는 것일까? 지구가 태양을 돌고 있는데 왜 사람은 넘어지지 않고 서 있을 수 있을까? 별들은 우리에게서 얼마나 멀리 떨어져 있을까? 왜 밀물과 썰물이 있는 것일까? 왜 식물은 햇빛이 필요할까? 왜 동물은 짝짓기를 할까? 다른 별에도 동식물이 존재할까? 이렇게 과학자들이 하나하나 물어보다가 수학, 천문학, 생물학, 물리학 등이 생겨났다.

이미 많은 답을 알고 있는 과학자들은 더 어려운 문제를 묻기 시작했다. 물리학 분야에서는 누군가가 다음과 같은 질문을 할지도 모른다. 만유인력은 어디서 왔을까? 우주는 시작이 있을까? 시간과 공간은 어디서 왔을까? 소립자에는 몇 가지 종류가 있을까? 다른 우주가 존재할까? 다른 우주에는 중성미자가 없을까? 물리법칙은 누가 정할까? 물리법칙의 근원은 무엇일까? 물리법칙이 완전히 다를 수 있을까?

이것이 바로 물리학이 끊임없이 제기하는 궁극적인 질문들이다. 마찬가지로 수학과 생물학도 궁극적인 질문을 한다. 이 궁극의 문제에 대한 답을 얻기 위해 과학자들은 일생을 바쳐 노력한다. 그러나 어떤 문제는 답의 일부만 알 수도 있고, 또 어떤 문제는 답을 아예 얻지도 못할 수도 있다. 그럼에도 불구하고 과학자들은 모든 것을 희생해서라도 문제의 답을 찾고자 한다.

「마지막 비밀」은 진리를 얻기 위해서라면 기꺼이 생명을 바칠 수 있다는 과학자의 열정을 잘 보여 주고 있다. 이러한 과학자가 진정한 과학자 아닐까? 그러나 현재 대부분의 과학자는 희생정신을 잃었다. 그들도 초심은 그러했겠지만 시간이 갈수록 세속에 빠져 초심을 잊고 만다. 대다수 과학자는 일반 사람들과 마찬가지로 명예와 이익을 좇고 있다.

나는 때때로 스스로에게 이런 질문을 던진다. 만약 엄청난 지식을 지닌 외계인이 갑자기 내 앞에 나타나 가장 알고 싶은 문제가 무엇이냐고 물으면 어떤 말을 해야 할까? 양자의 수수께끼를 물어볼까? 아니면 시공은 어디서 왔는지 물어볼까? 아니다, 분명 이런 질문은 하지 않을 것이다. 나는 사실 인류가 우리 은하에서 유일하게 지적인 생명체인지가 가장 궁금하다.

그래도 인류가 우리 우주에서 유일하게 불가사의한 존재는 아니지 않을까? 누군가의 말에 따르면, 사람의 대뇌는 우주만큼 복잡해서 하나의 작은 우주라고 한다. 이 주장은 일리가 있다. 대뇌에 있는 뉴런은 800억 개 이상이며 약 1000억 개에 가깝다. 우리은하에 존재하는 항성도 수천 억 개에 이른다. 항성을 뉴런이라고 한다면 은하계는 대뇌라고 할 수 있다.

이 책의 두 번째 이야기인 「최초의 빛」은 항성과 항성 사이가 빛을 통해 연결되어 있다고 가정한다. 인류의 대뇌 속 뉴런이 신경전달물질을 분비해 서로를 연결하는 것과 비슷한 원리다. 뉴런 사이에 상호작용이 일어나야 대뇌는 제대로 된 기능을 할 수 있다.

류츠신은 은하계 전체를 초대형 대뇌라고 상상했다. 물론 이것은 공상 과학이다. 은하계는 매우 거대해서 한쪽 끝에 있는 항성이 내는 빛이 맞은편 끝에 있는 항성에 도달하려면 약 10만

년이 걸린다. 다시 말해 은하계의 대뇌가 한 번 생각하는 데에 수만 년의 시간이 걸린다. 1억 년 내에 이 '대뇌'는 1만 번 생각을 할 수 있다. 사람이 한 번 생각하는데 8초를 쓴다고 하면 하루에 약 1만 번 생각할 수 있다.

인류는 불가사의한 존재가 확실하다. 과학자들은 반세기 가까이 지구 밖의 문명을 찾기 위해 노력했지만 성공하지 못했다. 수많은 과학자의 말에 따르면, 은하계에 인류처럼 고도로 발달한 문명은 없다고 한다. 물리학자 엔리코 페르미는 '만약 외계인이 존재한다면 그들은 어디에 있을까?'라는 질문을 던졌다. 다른 말로 표현하자면, '왜 우리는 현재까지 외계인을 만나지 못할까?'라고 할 수 있다. 페르미의 이 문제에 대한 답은 수백 가지겠지만 가장 단순한 답은 이런 것이 아닐까?

'외계인은 존재하지 않는다.'

언젠가 우리는 사람처럼 생각하는 진정한 인공지능을 갖춘 로봇을 만날지도 모른다. 로봇에 관한 SF와 영화는 이미 많이 나와 있다. 아이작 아시모프의 〈아이, 로봇〉은 로봇에 관한 SF 단편집으로 동명의 영화도 나왔다. 스티븐 스필버그 감독이 만든 〈A.I.〉에는 사람과 똑같은 지능과 감정을 지닌 로봇이 나온다.

21세기에는 사람과 비슷한 로봇을 만들 수 있을까? 이러한 로봇은 아마 집적회로로 구성된 실리카계 생명체(인류는 탄소계 생명체)일 것이다. 이 책의 첫 번째 이야기인 「바다산」은 자연히 발생한 실리카계 생명체가 모든 어려움을 뚫고 그들이 사는 천체에서 벗어나, 지구에 잠시 들렀다가 다시 우주의 끝으로 가는 이야기를 담고 있다. 어쩌면 그들은 이 우주를 벗어나 다른 우주까지 갈지도 모른다. 비록 나는 이 우주에서 지적인 생명체는 인류뿐이라고 믿지만, 인류가 지적인 생명체를 만들 것이라는 가능성을 배제하지는 않는다. 우리가 만든 지적인 생명체가 우리를 대신해 다른 은하로 날아가 은하계를 정복하고 마지막으로 우주의 끝으로 갈 수도 있지 않을까.

인공지능에 관한 화제의 폭을 넓히면 초지능에까지 이른다. 우리가 사람처럼 생각하는 똑똑한 로봇을 만들 수 있다면 언젠가는 우리보다 몇 배나 똑똑한 초지능도 충분히 만들어 낼 것이다. 이 부분에 관해 나는 조금도 의심하지 않는다. 진정한 난제는 인간처럼 총명한 로봇을 어떻게 만들어 내느냐다. 여기에 이르기 전까지 우리는 상당히 어려운 문제를 해결해야 한다. 그것은 바로 '인간은 어떻게 사고를 하는가'라는 문제다.

개인적으로 나는 20세기의 가장 위대한 과학자인 아인슈타인을 주인공으로 한 「메시지」를 좋아한다. 아인슈타인은 평생 고독한 삶을 살았다. 동시대를 넘어 사고하는 그와 말벗이 되어 줄 사람이 얼마나 있었겠는가. 다행히도 타임머신을 타고 미래에서 온 인류가 그에게 바이올린을 빌려준다. 그리고 인류의 미래는 밝다는 메시지를 전해 준다.

이론물리학자 리먀오

옮긴이 김지은

중앙대학교 국제대학원 전문통번역학과 한중과를 졸업했다. 주요 국제회의에서 동시통역사로 활동 중이며, 출판 기획 및 중국어 전문 번역가로도 활동하고 있다. 옮긴 책으로는 『류샤오보 중국을 말하다』 『지구 어디쯤, 처음 만난 식탁』 『사랑을 권함』 『마음, 그림에 담다』 『최고의 인재를 키우는 베이징대 수신학』 『조조에게 배우는 경영의 기술』 『북경대 품성학 강의』 『홀리첸의 마케팅 비밀코드』 『꼬아본 삼국지 캐릭터』 『제갈량의 계자서』 등 다수가 있다.

아인슈타인 적도

© 류츠신, 2019

초판 1쇄 인쇄일 2019년 4월 26일
초판 1쇄 발행일 2019년 5월 7일

지은이   류츠신
옮긴이   김지은
펴낸이   정은영
편집   김정택
마케팅   이재욱 백민열 이혜원
제작   박규태

펴낸곳   (주)자음과모음
출판등록 2001년 11월 28일 제2001-000259호
주소   04047 서울 마포구 양화로6길 49
전화   편집부 02) 324-2347 경영지원부 02) 325-6047
팩스   편집부 02) 324-2348 경영지원부 02) 2648-1311
E-mail   jamoteen@jamobook.com

ISBN   978-89-544-3979-4 (44820)
         978-89-544-3968-8 (set)